HAB` DICH, KLEINES!
DU BIST!
Martin Jonas

Martin Jonas

HAB` DICH, KLEINES!
DU BIST!

Luke Steiner Reihe – Band 1

Thriller

DeBehr

Copyright by: Martin Jonas
Herausgeber: Verlag DeBehr, Radeberg
Erstauflage: 2020
ISBN: 9783957538246
Umschlaggrafik Copyright by: Jeka de Brant;
www.herzblatt.photo

Für Leonore und Rolf

*"Bist du stumm, dann passiert dir nichts.
Wenn du etwas sagst,
wird die Zunge dir stibitzt."*

*"Spielst du mit ihm,
dann befolge seine Regeln.
Tust du dies nicht,
zerfetzt er dein Gesicht."*

INHALT

1 Sommerregen 11

2 Der Spielplatz 31

3 Am Fenster 70

4 Mutter 93

5 Es klingelt 102

6 Ein Anruf 113

7 Aufgeregt 131

8 Tschüss, meine Kleine 138

9 Handy aus 149

10 Süße Maus 160

11 Die Nadel im Heuhaufen 166

12 Die Suche geht weiter 187

13 Hinweis 191

14 Sag kein Wort 205

15 Der Morgen danach 215

16 Alles oder nichts 219

17 Untergetaucht 233

18 Alte Fabrik 239

19 Hinweis 247

20 Schlaf Kindchen, schlaf 261

21 Neustadt 268

22 Unverhoffter Besuch 278

23 Die Dunkelheit 288

24 Verfolgung 296

25 Familienzusammentreffen 299

26 Die Vernehmung 314

27 Familienglück 324

28 Die Sitzung 327

29 Vom Charmeur zum Tier 336

30 Die Nacht zum Tag gemacht 345

Danksagung 356

Mehr von Martin Jonas bei DeBehr 357

Über den Autor 359

1 Sommerregen

>>*Wieso?*<<, schrie er in Gedanken in die weißgrauen Wolken hinauf, die sich über ihm zu immer höheren Türmen formierten. Die rötlich schimmernde Sonne, eine blutige Kugel, verschwand schleichend hinter dem bewölkten Firmament. Er reckte seinen Kopf lautlos in den fast dunklen Himmel, ein schauderhaftes Spiel bot sich dem jungen Mann, doch er schien es nicht zu bemerken. Wind zog auf. Ein dicker Regentropfen streifte sein trauriges Gesicht, eine zweite Wasserkugel platschte auf seine Stirn. Unwetter brach über die Stadt herein. Laut. Krachend. Ein mahlendes Geräusch ertönte über ihm. Dann ein Donnerschlag. Die schweren Regentropfen verdampften bei dem Aufprall auf den aufgeheizten Gehwegplatten, noch, bald würde ein Wolkenbruch die Hitze vom Asphalt waschen.

Der Wind fegte frisch. Ein heulendes Zischen liebkoste die hölzernen Titanen. Starke Bäume, deren Blätter sich im Wind schaukelten wie ein Schwarm Schmetterlinge. Sie bildeten eine farbenfrohe Allee, grün, zartes

Orange und ein Hauch Gelb, die durch den kühlen Lufthauch angeschnitten wurde, die Äste ächzten laut, eisernen Fußketten gleich. Zahlreiche Spaziergänger nutzten diesen bilderbuchartigen Hintergrund für Fotos.

Ein gleißendes Licht zerriss die Luft. Blitze schlugen fauchend in die Erde ein. Ein kräftiger, wolkenbruchartiger Regen schoss auf die Menschen nieder und scheuchte sie von den Straßen, als wäre der böse Wolf in eine Schafsherde gesprungen. Der Deutsche Wetterdienst war überrascht.

Man sah nun keine zwei Meter weit. Millionen Regentropfen rauschten auf die Straßen nieder. Die Sommeridylle verschwand in schummriger Dunkelheit.

Kraftlos, die Arme zu Boden gesenkt, stand er dort. Durchnässt. Zögerlich, was er jetzt tun sollte, überschritt er die hohe Bordsteinkante, blieb auf dem Gehweg stehen und drehte mit dem Daumen seinen goldenen Ehering. Er müsste sofort zu seiner Frau, sie trösten, ihr beistehen, seine eigene Angst unterdrücken. Er müsste das Problem umgehend lösen, dafür war er da, er als Vater. Doch der Schock saß zu tief. So etwas durfte nicht passieren, nicht ihnen.

Erinnerungen

Eben noch, die Zeit war traumhaft schön gewesen, schlenderte der junge Familienvater gemütlich mit seiner Frau und den beiden Kindern durch die bunten und von Menschenlärm überfluteten Straßen von Barcelona. Den Urlaub, den sie vor vier Monaten angetreten hatten, hatten sie wahrlich herbeigesehnt. Es war allerhöchste Zeit gewesen. Raus aus dem Alltag und die Seele baumeln lassen.

Er, ein pulsierender Fan des Fußballclubs FC Barcelona, war überwältigt von all den Eindrücken, die von jeder Ecke auf ihn einprasselten. Zu Hause hatte er genug gehabt von dem aufdringlichen Lärm, doch in Barcelona genoss er die Geräusche. Die Stadt plättete das junge Familienoberhaupt regelrecht. Seine Kinder erfreuten sich ebenso an der spektakulären Großstadt, gab es für sie doch so viel Neues zu entdecken. Von seiner Frau ganz zu schweigen, all die bunten Boutiquen hatten ihren Reiz, was nicht bedeutete, dass sie kein Interesse an der Kultur gehabt hätte. Die Stadt bot die perfekte Mischung. Was für eine eindrucksvolle Metropole.

>>*Schau mal, Papa, viele Menschen aufeinander, wie im Zirkus*<<, rief sein Sohn, als die junge Familie in eine breite, von Besuchern überfüllte Gasse einbog. Ein großer Menschenturm baute sich vor den Urlaubern auf. Neun Etagen. Ein hoher Turm aus Leibern. >>*Wahnsinn ...*<<

Die laute und schrille Stadt gefiel der kleinen Familie immer mehr. Palmen auf einem niedlichen Boulevard. Bunte Papierwimpel überall. Im Stadtteil Eixample fühlten sie sich gut aufgehoben. Ein Territorium mit einem sagenhaften Grundriss – und wahrhaft schönen Bauten. Ernestos Kulturerbe.

Eines der zahlreichen Gebäude, die jedes Jahr Millionen von Menschen nach Spanien, nach Barcelona, lockten, war das Hospital de la Santa Pau. Es gehörte zu den eindrucksvollsten Gebäuden. Ein Klinikkomplex im Jugendstil. Abgerundet und verschnörkelt. Was für eine Fassade. >>*WOW!*<<, starrten die Kinder durch die eindrucksvolle Eingangshalle, die einem sakralen Kircheninneren glich.

Verschlafene Gassen, kleine Bars, freundliche Restaurants und der schöne Sandstrand im Stadtviertel La Barceloneta. An der Promenade trafen sie auf Jogger, Spaziergänger,

Inlineskater, Surfer. Ein Hotspot für Jung und Alt. Touristenüberfüllt, aber schön. >>*Hier bleiben wir*<<, atmete er zufrieden aus. Er genoss die warmen Sonnenstrahlen, die seine Haut kitzelten. Der Familien-Papa steckte seine nackten Füße in den von der Sonne aufgeheizten Sand.

***

Das unwetterartige Sommergewitter in Halle an der Saale hielt an. Gelbe Blütenrispen, vom Sturm abgerissen und zu Boden geworfen, rollten über die Straße und kauerten sich an Häuserwände. Gespenstisches Dunkel. Der Wind hatte das sommerliche, leichte Gelächter längst verweht.

Wo sonst Menschenmassen gemütlich in den Feierabend schlenderten, Schnäppchenjäger von ihrem Einkaufsmarathon heimkehrten, Kinder auf den Straßen lachend spielten, war an diesem späten Nachmittag nur Düsternis. Die Musik der Straßenkünstler verstummte übergangslos.

Der Wochenmarkt, auf dem Käufer und Verkäufer zusammen kommen, ist ein symbolischer Ort, auf dem gefleischt und probiert wird. Gerade war er noch von Hektik beherrscht. Nun schlossen die Buden schnell die Klappen, ramschten Verkäufer die letzten Waren von den Tresen, bevor der Sturm sie mit sich reißen würde. Der Marktplatz glich bald einer Geisterstadt. Stille legte sich nieder.

Die schwarzen Wolken zogen weiter, dicht an dicht. Das Gewitter besiegte endgültig das Tageslicht und drückte der Stimmung des jungen Mannes seinen Stempel auf.

***

Der 14. August war ein entsetzlicher Tag im Leben von Peter Perke. Beklagenswert. Vor einigen Stunden war noch alles in Ordnung gewesen, die Welt schien glückerfüllt für den Schriftsteller. Sein Traum vom Erfolg hatte sich erfüllt. Die schlechte Laune, die er an manchen Tagen nicht hatte verstecken können, er hasste diese ekelhaften Schreibblockaden, war längst verschwunden. Er liebte seine Arbeit. Davon leben, seine Familie ernähren zu können, war sein Traum gewesen. Endlich hatte er es geschafft. Und nun, wo alles perfekt zu sein schien, riss ihm diese Nachricht die Füße unter dem Boden weg.

Seit Jahren schon widmete er sich seiner Leidenschaft. Perke grübelte nicht selten Tag und Nacht. Es gab kaum einen Moment, in dem er nicht an seine Bücher dachte. Natürlich behielt er den familiären Überblick. Keine Frage. Doch er verlor sich teils auch in seinen Geschichten. Seine Gedanken verschmolzen mit der Realität. An manchen Tagen saß er still auf seinem Schreibtischstuhl und blickte ins Leere. >>*Papa ...?*<< Keine Reaktion.

In wuchtigen Bildern schreiben, das war sein Ziel. Werke den Verlagshäusern wie den großen Agenturen erfolgreich zu offerieren. Das war sein Traum, sein Ziel, wäre seine Erfüllung. An einigen Tagen kam seine kleine Familie tatsächlich zu kurz.

Seine Frau unterstützte ihn. Sie verstand es gut, seine Leidenschaft zu akzeptieren, sich teilweise im Hintergrund zu halten. Nur am Wochenende nicht, an diesen beiden freien Tagen drückte sie kein Auge zu. Wenn ihr Peter dann hinter seinem Laptop verschwand, auf ihre Fragen keine Reaktionen kamen, er in seine Bücher abtauchte, wusste sie sich zu wehren.

Selbst die Kinder, so jung sie waren - und verspielt, wie Kinder in ihrem Alter sein sollten, schienen schon recht erwachsen mit den Passionen ihres Vaters umzugehen. Sie lebten mit dem Job ihres Papas. Manchmal, es kam selten vor, störte es Perkes Kinder aber schon, wenn er gedankenverloren in eine andere Welt geglitten zu sein schien – dann taten sie, was Kinder eben so tun, um die Aufmerksamkeit des Vaters zu erregen. Und er hatte Erbarmen.

An jenem späten Nachmittag stand Perke regungslos auf dem von unzähligen Füßen abgetretenen, regennassen Bordstein unter einer schwach leuchtenden Straßenlaterne und blickte starr ins Nichts. Um ihn herum huschten Menschen in die trockene Sicherheit. Beutel, Taschen, Aktenkoffer schützend über die Köpfe haltend. Eigentlich müsste er nur über die Straße gehen. Wenige Meter laufen – und er wäre zu Hause. Doch er konnte nicht.

Die Leuchte über ihm könnte die tollsten Geschichten erzählen, sie war, so wie der

Bordstein, von der Zeit gezeichnet. Alt und spröde. Seit den siebziger Jahren strahlte die Laterne Nacht für Nacht über dem Graseweg, der die Große Klausstraße kreuzte. Sie machte ihren Job gut, hatte kaum Ausfälle, nur vier Reparaturen in den letzten Jahren, weshalb sie noch stand, die Stadt sich beim letzten Runderneuern nicht gegen, sondern für diese charmante Leuchte entschieden hatte. Die lichtdurchlässige zerkratzte Abschlusswanne erstrahlte milchig gelb, schmierig. Auf dem Gehäuse, einem alten und verblassten Aluminiumguss, hatten Stadtarbeiter eine kleine Bahn Taubenspikes befestigt. Die spitzen Taubenabschrecker waren billiger als die monatliche Reinigung vom Vogeldreck.

Die grau lackierte Straßenlampe, die mit Aufklebern übersät war, kunterbunte Bilder zierten den Stahl; von Fußballaufklebern, über politische Botschaften bis hin zu Hasspredigten und Liebesgedöns, mittlerweile ein Touristenmagnet, diese eine Laterne, diese alte schwach leuchtende Lampe, schenkte Peter Perke Licht in der Dunkelheit. Und da stand er nun am Straßenkreuz. In Regen und Wind. Beide Straßen führten zum Marktplatz, wo das berühmte Händel-Denkmal stand. Doch das Denkmal war nicht das einzige Historische in dieser Ecke. Die Hallenser wussten um die schaurige Bedeutung der Straßen.

Es heißt:

Im Jahre dreizehnhundertfünfzig, als die Pest durch Halle zog, vor niemandem haltmachte, nicht vor Mann, Frau oder Kind, wollte man sich durch Isolation der Kranken schützen. Bei einer Gasse, wo der Schwarze Tod als Erstes auftrat, vernagelte man die Ein- und Ausgänge. Trotz der flehenden Rufe und des Jammergeschreis der Bewohner dieser nun abgeriegelten Straße, die bald elend krepierten.

Nach zehn langen Jahren öffnete man die Absperrungen und sah das Grauen vor sich. Hohes Gras wucherte. Die grüne Decke verschlang alles unter sich. Weiße Knochen der Skelette der jämmerlich Verhungerten und an der Pest Gestorbenen schimmerten blass aus dem dichten Grün. Und ab diesem Tag erhielt die Straße den Namen „Graseweg".

***

Peter Perke stand immer noch regungslos unter der alten Straßenlaterne, dieser alten metallischen Dame im Dienste der Stadt. Es schüttete wie aus Eimern, und von der warmen Jahreszeit war gerade nichts mehr übrig. Ihn fröstelte. Perke hielt etwas fest in der rechten Hand, die er zu einer Faust geschlossen hatte. Die linke Hand hielt den geriffelten Tragegriff seines durchnässten Rucksacks. Ohne diesen schäbigen Rucksack verließ er nur selten das Haus. Seine Kinder fanden das Lotterding schrecklich. Sie hatten ihrem Papa schon zweimal, einmal zum Geburtstag und dann, wieder erfolgslos, zu Weihnachten, jeweils einen neuen Rucksack geschenkt. Doch er mochte seinen alten. Diesen lädierten Lottersack.

Stärker wurde der Schauer, *Platzregen* und dicke Regentropfen, die wie dichter Kugelhagel vom Himmel fielen, perlten an seiner Lederjacke ab, rannen herunter und tropften zu Boden, wo sie nacheinander aufprallten wie die Farbe eines aufrecht gehaltenen Pinsels. Der Wind wurde *immer* kräftiger. Immer stärker. Der Regen peitschte in sein Gesicht, wie der Schlag eines Schwergewichtsweltmeister. Unberührt vom Unwetter blieb er stehen.

Angst umklammerte ihn, wie eine Schlange die hilflose Maus. Die Sohlen seiner Biker-Stiefel verschwanden im schmutzigen Wasser. Die Gehwegplatten waren kaputt und gebrochen. Unkraut kämpfte sich durch die Fugen und ragte empor.

Eine Katze, das nasse Fell hing schwer an ihr herab, schmuste bettelnd um seine Beine, schutzsuchend. Die Ohren nach hinten geklappt. Perkes Hose war mittlerweile klatschnass. Seine Lieblingsjeans. Er hatte ein Faible für Jeanshosen. Dreihundert Stück besaß er, allerdings trug er davon die Hälfte selten bis nie. Zu schade, wie er fand, wenn sie kaputt gehen würden. Seine Frau verstand das nicht.

>>Willst du deinen Schrank nicht einmal aussortieren?<<, fragte seine Frau oft genervt.

>>Nö! Das sind meine Sammlerstücke<<, antwortete er.

Der Jeanshosenwert bewegte sich auf einer Skala zwischen fünf und siebentausend Euro. An den meisten Hosen hingen noch die Etiketten. Gekauft und gleich in den Schrank gelegt. Das war seine Macke. Hatte nicht jeder eine Macke?

Die Lederjacke saugte den Regen mittlerweile auf, wurde immer schwerer. Sie war ein Geburtstagsgeschenk von seiner Frau Sabine gewesen. Beim gemeinsamen Stadtschlendern hatte er sich wortlos in die Lederjacke verguckt und war überrascht darüber gewesen, als er sie zu seinem einunddreißigsten Geburtstag auspackte. *Ein tolles Geschenk.* Eine braune, rötlich schimmernde Lederjacke in Used-Optik, aus Lammnappa, im Bikerschnitt. Sie endete auf Leistenhöhe und war ein echter Hingucker. *Seine Lieblingsjacke.*

Ohnehin war Perke anders als die anderen in seinem Umfeld. Er war der rockige Typ, *stylisch-rockig*. Sein linker Arm komplett tätowiert, silberner Schmuck dekorierte seine Handgelenke. Er trug Seitenscheitel. Die Haare an den Seiten kurz rasiert auf zwei Millimeter, ein Oberlippenbart, karierte Hemden, schwarz-graue Bikerboots und seine heißgeliebten Jeans. Ein cooler Typ, wie seine Freunde sagten. Auf den ersten Blick kein *"typischer"* Schriftsteller. Doch wie schaute ein *typischer* Schriftsteller denn bitte aus?

Schon während der Pubertät fiel Peter gerne auf. Nicht mit, sondern gegen den Strom schwimmen, war seine Devise. Perke war bei aller Eigenständigkeit ein fröhlicher Gesell, der öfter einen Witz aus der Lippe fallen ließ und dem es wichtig war, dass sein Freundeskreis immer etwas zu Schmunzeln hatte. Eine Frohnatur, wie sie im Buche stand.

Nass bis auf die Haut, bemerkte er die Katze erst gar nicht, die miauend, schmeichelnd um seine Beine scharwenzelte. Das Tier hatte wohl Hunger und ihm war wohl kalt. Wieso blieb das Kätzchen, ein süßes Geschöpf mit Halsband – also hatte es sicher ein Zuhause, bei diesem Unwetter lieber draußen, als im Trockenen zu sitzen? Perke hatte Angst vor dem, was ihn daheim an Informationen erwartete. So lange er noch nicht den Fuß in die Wohnung setzte, war das, was seine Frau ihm am Telefon mitgeteilt hatte, nur wenig real. Noch konnte er es leugnen, vielleicht hatte er sich nur verhört, oder seine Frau hatte grausam gescherzt. So stand er im Regen und hielt sich, so lange es ging, an dem fest, was bis vor kurzem sein sorgenfreies Leben gewesen war. Während seine Frau in der Not seine Schulter gebraucht hätte, versagte er. Aus Angst vor der Wahrheit.

Ein lauter Donnerschlag, die Fenster der umliegenden Geschäfte vibrierten. Das rötlich glänzende Miezchen zuckte zusammen und stob blitzartig davon. Es verschwand in der Dunkelheit.

***

Gedanken ...

Es war nicht nur Freude, die dem werdenden Vater beim Gedanken an die Geburt des eigenen Kindes durch den Kopf schoss. Eben noch ein Freigeist, der global spazieren ging, und urplötzlich war er für so ein kleines Geschöpf verantwortlich. Für SEIN Geschöpf.

Die Freude über den Nachwuchs verschmolz mit der Angst, zu versagen. >>*Nicht falsch verstehen!*<<, sagte er zu sich selbst, während er sich zugleich für seine Gedanken schämte.

Jeder freut sich wohl über den eigenen Nachwuchs. Familienglück wird großgeschrieben, und nicht selten läuten spätestens dann die Hochzeitsglocken. Was könnte es Schöneres geben? Vorbereitungen werden getroffen. Das komplette Leben wird schlagartig umgekrempelt. Beruf, Familie und Alltag unter einen Hut zu bekommen, ist nicht so einfach. Bei achtzig Prozent aller werdenden Eltern ist der erste Gedanke nach der frohen Botschaft des ungeborenen Glücks ein innerlicher Hilfeschrei.

Und was, wenn meinem Kind etwas passiert? Was, wenn ich kein guter Vater bin? Werde ich einem Kind überhaupt gerecht? Fragen über Fragen, die sich spätestens beim ersten Schrei von selbst erledigen.

***

Perke war voller Stolz Vater geworden. Ursprünglich wollte er nie Kinder, eine eigene Familie zu gründen, war keine Option für ihn gewesen. Er wollte um die Welt reisen. Argentinien, Brasilien, Chile und Russland erkunden, diese Länder standen ganz oben auf seiner Liste. Peter wollte sein eigener Herr, frei und wild sein. Sein Opa hatte ihm oft nahegelegt, nicht nur seinen Träumen hinterherzurennen. Peter wollte nicht dumm sein. Er wollte schon mit zehn Jahren Schriftsteller werden, träumte von Bestsellern und Autogrammstunden. Stephen King war sein Vorbild. Seine Eltern unterstützten seine Leidenschaft, gingen mit ihm in Bibliotheken, besuchten mit ihrem Sohn Lesestunden, besprachen Bücher mit ihm. Auch sein Opa ermutigte ihn. Großvater sagte oft, Peter hätte das Zeug dazu, eine unglaubliche Fantasie, er solle daran festhalten, denn dies wäre ein Traum, dem man sehr wohl hinterherrennen sollte. Und Perke hatte es tatsächlich geschafft, seinen Kindheitstraum zu verwirklichen.

Dann wurde er Vater. Neun Monate konnte er sich auf die spannende Zeit vorbereiten. Neununddreißig Wochen blieben dem werdenden Papa. Er genoss das Drumherum, liebte die Veränderungen, beobachtete mit Freuden das Neue. Da war die körperliche Veränderung seiner Frau, und auch er nahm etwas zu. Seine Liebste wurde launisch, war schnell betrübt, aber lachte auch heller als vor der Schwangerschaft. Oft strichen beide über den sich immer kräftiger wölbenden Bauch und er liebkoste das Ungeborene durch die Wand seiner schützenden mütterlichen Höhle.

Die Herrichtung des Kinderzimmers war seinem handwerklichen Geschick „geschuldet". Er gab sich sehr viel Mühe - und war erfolgreich.

Das Kinderbettchen, welches Perke mit seinem Vater zusammen aufbaute, war aus Buchenholz. Es waren Babybett und Juniorbett in einem. Es verfügte über zwei Schlupfstäbe und einen mehrfach in der Höhe verstellbaren Lattenrost. Die Tapete des Kinderzimmers war in zartem Hellblau gehalten, ein kuscheliger grüner Teppich zierte die Mitte des Raumes, und eine weiße Wickelkommode sowie ein weißer massiver Kleiderschrank mit bärenförmigen Griffen dufteten nach Holz. Das Baby durfte auf die Welt kommen.

Die bevorstehende Geburt war aufregend für das Paar. Spannung lag in der Luft. Als würden Weihnachten und Silvester auf einen Tag fallen. Sabine blieb recht ruhig. Sie las viele Zeitschriften und gab sich komischen Gelüsten hin. Peter jedoch wurde von Tag zu Tag nervöser.

In den neun Monaten veränderte sich die Speisekarte der jungen Frau. Gurke mit Schokolade war nur die Spitze des Eisberges. Sabine gönnte sich jeden Abend einen leckeren Eisbecher - mit Salami zum Abrunden des Gaumenschmauses, Augenrunzeln ihres Mannes. Cornflakes mit Orangensaft oder

Nudeln mit Apfelmus und Reibekäse. Bei ihren Fressattacken wurde ihm schlecht. Er konnte nicht hingucken.

Die Vorbereitung.

Ihr Mann war bald ein reines Nervenbündel. Tausend Fragen beim Kontrollbesuch beim Frauenarzt. Tausend Gedanken schossen dem werdenden Vater durch den Kopf. Tausend Ideen, die er sofort verwirklichen wollte. Tausendmal in den Koffer geschaut, ob auch wirklich alles für das Krankenhaus gepackt worden war. Tausendmal die Check-Liste überflogen.

>>Liebling?<<, rief Peter seiner Frau zu, die gerade im Badezimmer stand.

>>Ja, mein Schatz ...<<, warf Sabine zurück.

>>Wann genau geht es nun endlich los?<<

Es war erst still, mucksmäuschenstill. Dann plätscherte es leise.

Sabine hielt sich ihren Bauch und setzte sich auf die Fliesen.

>>JETZT ...<<, kreischte sie ängstlich.

Ihre Fruchtblase war geplatzt.

Im Kreißsaal ging es dann ganz schnell.

Mit großem Respekt betrat Peter den sterilen Raum und stellte sich hilflos hinter das Bett, in dem Sabine keuchend lag und das Kind herauspresste. Sie schrie und fluchte. Sabine wollte keinen Ton von Peter hören. Er streichelte sanft über das Haar seiner Frau und versuchte, nicht ohnmächtig zu werden.

2 Der Spielplatz

Presse

Ein großes Erd-Loch, inmitten der Stadt und doch abgelegen, zwischen all den verlassenen Hütten verborgen, eine Grube, voll mit kleinen Knochen. Kinderleichen.. Versteckt und vergessen.

Steiner wühlte jeden Tag, jede Nacht im Dreck.

Eine Tasse frisch aufgebrühter Kaffee stand auf dem zugemüllten Schreibtisch – der heiße Dampf vermischte sich mit dem Keksgeruch, der aus einer weißen Tupperdose stieg, die unter einem Berg aus Papier vergraben stand. Die weichen Sonnenstrahlen, die durch das Fensterglas brachen, durchstreiften das Zimmer wie kleine Lichtpunkte den dunklen Nachthimmel. Es war ein lieblos eingerichtetes Büro. Steiners Tante brachte ihm fast täglich selbstgebackene Kekse auf Arbeit vorbei. Für seine Kollegen ein Anlass täglichen Witzelns. Ohne sie würde er wohl verhungern, da er sich selten Essen mit zur Arbeit nahm. Seine Tante buk drei Mal die Woche für ihren Lieblingsneffen; und er liebte ihr Gebäck. Am schönsten und zugleich am leckersten war es in der Weihnachtszeit. Selbstgebackene Lebkuchen von Tantchen. Da wurde selbst der härteste Haudegen butterweich.

Als Kind sprang er aufgeregt mit seinen Cousins und Cousinen durch die Wohnung seiner Tante, um den glänzenden Weihnachtsbaum herum, aber anderes als die anderen Kinder, die ihre Überraschungen auspacken wollten, freute sich Steiner am meisten auf die selbstgebackenen Lebkuchen, die seine Tante in Massen buk. Schneemänner, Weihnachtsmänner und natürlich den klassischen Lebkuchenmann. Die Geschenke standen für ihn an zweiter Stelle. Der zehnjährige Luke Steiner war im Schlemmerparadies und fraß sich kugelrund.

Er erinnerte sich gerne zurück. Was für Zeiten, so unbeschwert und leicht.

***

Der Morgen begann ruhig. Steiner saß an seinem Schreibtisch und kaute auf seiner Unterlippe. Früher knabberte er an den Fingernägeln. In Stresssituationen hatte Steiner seine Nägel bis zum Fleisch heruntergekaut – bis es blutete. Diese unschöne Angewohnheit konnte er vor Jahren erfolgreich besiegen. Heute zählte er innerlich bis zehn oder kaute Kaugummi. Oder er rauchte.

Auf dem Schreibtisch lagen Akten verstreut. Papierchaos durchschwemmte den Raum. Angeknabberte Bleistifte verteilten sich kreuz und quer auf dem Tisch und in den Regalen. Wirrwarr! Steiner bekam den Arsch nicht hoch. Sein innerer Schweinehund war zu stark. Und es gab Wichtigeres für ihn, als Ordnung zu halten.

Die Arbeit hatte ihn fest im Griff. Leicht launisch, betrat er Tag für Tag das Revier und begab sich auf die Jagd nach dem Schlechten in der Welt.

Der verlockende Duft von gemahlenem Kaffee waberte. Sein Aschenbecher quoll über. Er leerte ihn eindeutig zu selten. Steiner nannte den Behälter Urne. Seine Kollegen schien dieses Durcheinander nicht wirklich zu stören. Und wenn doch, es war ihm egal, was sie über ihn sagten oder dachten. Steiner gab einen Furz darauf.

Er beschränkte allerdings sämtliche Interaktionen auf das Notwendigste – auch beruflich.

Die Sonne lachte über Halles Dächern und drückte ihre warmen Strahlen durch die verschmutzte Jalousie in sein Büro – und die Vögel piepten im Chor. Das Wetter schien perfekt. Der Büro-Wecker zeigte 8 Uhr morgens, das Thermometer prahlte jetzt schon mit 24 Grad. Eine himmlische Ruhe lag in der Luft. Noch!

***

In der letzten Zeit war es nicht einfach gewesen für Luke Steiner. Er war ein Kerl, wie er im Buche stand. Ein richtiger Macho. Rau und kantig – und immer einen Spruch auf der Lippe. John McClane war ein kleines Schulmädchen im Vergleich zu Steiner. Doch das Schicksal meinte es gerade nicht allzu gut mit ihm. Jeder Tag war schwer gewesen. Einschlafen keine Option. Zur Ruhe kommen war derzeit unmöglich. Er war müde und ausgelaugt, und dennoch konnte er seine Reserven nicht auffüllen, denn er litt unter Schlaflosigkeit – oder alternativ dazu unter schrecklichen Alpträumen.

Noch immer hatte der Kriminalbeamte an seinem letzten Fall zu knabbern. Nacht für Nacht. An manchen Tagen stand er völlig neben sich. Sein letzter Erfolg war Monate her. Tabletten sollten zwar gegen die verstörenden Träume helfen, doch machten ihm die Nebenwirkungen Sorgen, mit denen auf dem Beipackzettel gedroht wurde.

Gefangen in einem dunklen Raum seines Gehirns, angekettet an einer schlecht verputzten, kalten, grauen und brüchigen Wand ohne Fenster, versuchte der Beamte, dem Bösen Nacht für Nacht zu entkommen. Es war feucht hier und stank nach eitrigen Wunden.

Ein kleines Kind saß mit angewinkelten Beinen auf dem kalten, nassen Boden vor ihm. Steiner wollte nach dem Kind greifen. Das Köpfchen zwischen die Knie gehalten, blickte es nach unten. Es sagte kein Wort. Er erkannte nur die schwarzen Umrisse der kleinen Silhouette in dem wenig beleuchteten Zimmer.

Steiner wollte helfen. Er wollte zu dem Kind

und es befreien, doch zu stark waren die dunklen Mächte. Zwei kräftige Arme wuchsen aus der Wand heraus und hielten ihn fest. Ein spitzer Schrei, das zarte Kind warf seinen Kopf nach hinten und starrte an die Decke. Mit zugenähten Augen. Eine unsichtbare Kraft riss es weg von Steiner – das gesichtslose Kind verschwand in der Dunkelheit, und sein bestialischer Angstschrei verstummte.

Schweißgebadet wachte er - wieder einmal - auf.

Vieles hatte er versucht. Säfte, Tees, Lavendel-Kissen, aber nichts half. Die morgendliche Einnahme von Aspirin gehörte mittlerweile zu seinem Alltag wie der Griff zur Zahnbürste. Schlaflosigkeit, Migräne und ein Frust, der ihn von innen heraus auffraß. Manchmal kam er zwei Tage hintereinander mit denselben Klamotten auf Arbeit. Sein Vorgesetzter hatte sich ihn schon öfter zur Brust genommen.

>>Steiner, du bist einer der Besten, doch ...<<

>>Was doch?<<

>>Steiner, ich sag es nur ungerne, aber du stinkst!<<

>>Deine Kollegen und natürlich ich, wir machen uns Sorgen.<<

>>Braucht ihr nicht ...<<

>>Steiner, wir haben alle mal einen Fall verloren. Lern, damit umzugehen.<<

>>Wie soll ich damit umgehen?<<

>>Steiner, gehst du noch zur Therapie?<<

Eisige Stille übernahm stets die sporadisch geführten Gespräche. Sein ungepflegtes Erscheinungsbild jedoch blieb allen erhalten. Jede angebotene Hilfe prallte an ihm ab.

Steiner saß an seinem chaotischen Schreibtisch, umgeben von Müll und Papierkram. Er mutete sich zu viel zu. Letztens erst feierte er mit seinen Kollegen eine erfolgreiche Festnahme, eine kleine Festnahme, doch dieses Glück erschien dem Beamten nur noch sehr selten.

***

Rückblende

Es war ein gewöhnlicher Tag. Die Stadt voller Menschenmassen. Das Wetter spielte mit. Vor der alten McDonald's Filiale in der Großen Ulrichstraße meldeten Passanten der örtlichen Polizei eine Gruppe Jugendlicher, die mit lauter Musik und Gepöbel auf sich aufmerksam machte. Jeden vorbeilaufenden Besucher sprachen sie um Geldspenden an. Die Gruppe war sieben Mann stark. Geschrei und lautes Lachen lagen in der Luft. Der Älteste, Sven, ein polizeibekanntes Gesicht, Körperverletzung, versuchter Raub und Nötigung, er war der Kopf der kleinen Truppe, stichelte die anderen regelrecht zu kriminellen Machenschaften an.

Zwei Mädchen, nicht älter als vierzehn Jahre, sie trugen beide sehr knappe, kurze Jeanshosen, die über den Pobacken verschwanden, die eine ein Shirt von Gucci und die andere ein bläuliches Spaghetti-Oberteil, hielten den Besuchern, die durch die Stadt schlenderten, einen alten, fleckigen Plastikbecher unter die Nase. Jedes Mal, wenn Sven mit dem Kopf nickte, wussten die Mädels, jetzt geht es los.

>>Ein bisschen Kleingeld, für so geile Schlampen, wie wir es sind!<<, lachten die Mädels.

>>Hey, Opa, für drei Euro nehme ich dein schrumpeliges Ding in den Mund ...<<, schrie die Jüngere einem älteren Pärchen hinterher.

>>Was? Willst du eine aufs Maul?<<

Mit seinen 26 Jahren und den unzähligen Besuchen auf dem Polizeirevier, davon fünf Monate im Gefängnis, gab er ein gutes negatives Beispiel ab. Sven genoss den Einfluss, den er auf die kleine Truppe ausüben konnte. Er hatte psychische Probleme und musste seit sieben Jahren Tabletten nehmen. Er lebte in einer Welt ohne Empathie und Feingefühl.

Sven war krimineller Abschaum. Seine Eltern wandten sich von ihm ab, da war er gerade mal dreizehn Jahre alt. Früh zeigte sich sein Hang zur Kriminalität. Er hatte auf offener Straße eine Katze enthauptet und mit dem abgetrennten Kopf, den er als Pinsel nutzte, die Worte IHR SEID ALLES WICHSER auf den Gehweg geschmiert.

Keine Reue. Kein Leid.

Die Lage vor der alten Fastfood-Filiale

spitzte sich plötzlich zu. Ein Mann, nicht älter als 40 Jahre, wechselte, ohne zu wissen, auf was er zuläuft, die Straßenseite – und spazierte geradezu in einen Clinch hinein. Sven rempelte den Mann an, um Streit zu provozieren, was er auch schaffte. Wortgefecht, die ersten Schläge. Gebrüll durchstieß den Stadtlärm.

Als die Polizei eintraf, eine Streife fuhr vor und versuchte, die körperliche Auseinandersetzung zu schlichten, traten Sven und zwei seiner Kumpel immer noch auf den am Boden liegenden Mann ein. Immer wieder vor den Kopf und sie schrien >>*Stirb, du hässlicher Arsch ...*<< Die Beamten nahmen die Jugendlichen sofort fest und alarmierten den Rettungswagen.

Ein goldener BMW fuhr vor.

>>*Was ist hier los?*<<, fragend stieg Steiner aus seinem heißgeliebten Wagen aus, zündete sich eine Kippe an, zog sich kurz den Schritt und lief auf die Jugendlichen zu.

Mit dem Dreitagebart, einem Ledermantel, den er selbst in der größten Hitze nicht ablegte, der schwarzen Jeanshose und dem durchlöcherten Mode-Shirt, wirkte er verrucht und kantig – was er auch war. Seine

Stiefel geputzt. Die Jugendgruppe war plötzlich weniger aufmüpfig.

>>*Wir haben das unter Kontrolle!*<<, sagte ein junger Beamter.

Steiner nannte sie gerne Frischlinge.

Er lachte; >>*Ah, unter Kontrolle ...*<<, ich verstehe.

>>*Und was ist mit diesem Lutscher in Handschellen?*<<, fragte Steiner seine Kollegen und zeigte auf Sven.

Eins der beiden Mädchen saß unberührt von dem Geschehen auf dem Gehweg, auf einer grau karierten Stranddecke, neben ihr die Blutlache des Opfers, und wollte gerade genüsslich in einen Keks beißen. Frech und ungeniert, als wäre nichts passiert.

>>*Gib mal her!*<<, beugte sich Steiner zu dem Gör hinunter und biss kräftig in den runden Schokoladenkeks.

>>*Hast du das gesehen?*<<

>>*Hat Steiner gerade dem Mädchen den Keks geklaut?*<<, flüsterte einer der Frischlinge seinem Kollegen ins Ohr.

Das Mädchen wischte sich mit dem linken

Unterarm über den Mund.

Steiner zog sich den Anführer der Gruppe ran. >>*Du bist hier also das Alphatier. Ein ganz Großer, wah...*<<, fragte er den Typen krümelspuckend.

>>*Weißt du was, heute ist dein Glückstag. Ich bringe dich zurück in den Zoo, wo du Faxen machen kannst, Fönfrisur!*<<

***

Erinnerung

Irgendetwas war oberfaul. Der kleine Robin war sieben Jahre alt, als man ihn am helllichten Tag auf einem Spielplatz in Halle angeblich entführt hatte. Der Ort war laut und gut besucht. Das Wetter war toll, die Sonne heizte den Sand auf; die Spielplatzbesucher genossen den sommerlichen Tag. Wer bitte entführte unter diesen Gegebenheiten ein Kind? Bestimmt war der Junge weggelaufen, vielleicht nach Hause? Oder zu einem Freund? Sollte sich der Verdacht allerdings bestätigen, würde sich dieser wunderschöne

Tag in einen höllischen verwandeln. Für ihn gab es kein schlimmeres Verbrechen, als einem Kind etwas anzutun. Sofort ließ er alles stehen und liegen und machte sich auf den Weg. Die Zeit arbeitete gegen ihn.

Steiner selbst hatte einiges in seiner Vergangenheit falsch gemacht. Was sein berufliches Engagement erklärte. Er war 46 Jahre alt, zum zweiten Mal geschieden, Vater von zwei Kindern – im Alter zwischen vierzehn und achtzehn Jahren; und in den zwei Jahrzehnten, die er schon bei der Kriminalpolizei arbeitete, hatte er sich felsenfest vorgenommen, jeden Fall zu lösen und dem Bösen das Handwerk zu legen. Kein Kind bliebe verschwunden. Was er bei seinen eigenen Kindern versäumt hatte, wollte er mit seiner Arbeit wiedergutmachen.

***

Drei Monate später.

Das spurlose Verschwinden eines Kindes ist für alle Eltern ein Alptraum. Luke Steiner wusste aus Erfahrung, dass die größte Gefahr in der eigenen Familie lauert. Sei es der Onkel, die liebe Tante oder der Opa, die Oma – der berühmte Wolf im Schafspelz. In den eigenen Familien findet hinter verschlossenen Türen das Grauen statt. Kinderseelen werden gebrochen und verwüstet. Im Fall des entführten Robin lag es allerdings wohl anders. Ein ekelhaftes Verbrechen. Man konnte es nicht anders beschreiben. Steiner verabscheute solche Tiere und wollte ihnen das Handwerk legen. Er wusste aber auch, dass es Täter leicht haben in Deutschland. Es gibt ein Gesetz, das diese Bestien schützt – und es kotzte Steiner maßlos an, diesen Schweinen in die Augen zu schauen und, im schlimmsten Fall, sie wieder auf freien Fuß setzen zu müssen.

Ein ärgerlicher Punkt für den Beamten war das Theater um die DNA. Sichergestellte DNA durfte laut Paragraf 81e der Strafprozessordnung nur auf das DNA-Identifizierungsmuster, Geschlecht und Abstammung hin analysiert werden. Das war Steiner zu wenig. Er wollte wie seine Kollegen in den USA und den Niederlanden arbeiten. Er wusste, dass man mit der DNA wertvollere Informationen bekommen könnte. Das Aussehen, unter anderem Haarfarbe, Hautfarbe, Augenfarbe, doch es war verboten. Hier griff der Datenschutz, was Steiner anwiderte. Man hätte viel schneller, viel einfacher ermitteln können.

***

Damals. Am Tag des Verschwindens von Robin. Es wurde ein höllischer Tag.

Sein Notizblock war gezückt.

Zeugenaussagen im Fall Robin:

Eine Person, männlich, kurze blonde, lichte Haare, zwischen 25 und 35 Jahren alt, zirka 1.75 m groß, trug eine rote Hose und ein Trikot. Die Person verhielt sich am Nachmittag auffällig auf dem Spielplatz, wo auch Robin zugegen war.

Puzzleteile.

Verschiedene Zeugen gaben an, dass der Mann, er trug eine rote Basketballhose und ein weißes Real-Madrid-Trikot, wie sich ein Jugendlicher erinnerte, sich dem Jungen des Öfteren genähert hatte, um mit ihm zusammen im Sand zu spielen. Daran war für Außenstehende eigentlich nichts Ungewöhnliches zu erkennen. Doch der Typ blickte nervös in alle Richtungen.

>>Ja, ich sah den Jungen im Sand sitzend, wie er mit einer kleinen blauen Schaufel Tunnel buddelte.<<, eine Zeugin.

>>Er sprach ständig mit einem Mann!<<, ein weiterer Zeuge

>>Beide lachten viel ...<<, noch ein Zeuge.

Robin lachte und spielte mit der Person. Nichts war daran ungewöhnlich gewesen; für die anderen Besucher des Spielplatzes schien die Situation vollkommen normal. Ein Vater, der mit seinem Kind im Sandkasten spielt.

***

Robin war an diesem heißen Vormittag mit zwei Freundinnen aus seiner Klasse und deren Mutter zusammen auf dem Baschkirischer-Spielplatz. Der Ausflug war seit einer Woche geplant. Robins Eltern mussten arbeiten und freuten sich über die Betreuung ihres Sohnes.

In letzter Zeit häuften sich die Arbeitseinsätze der Eltern an den Wochenenden, zum Missfallen der ganzen Familie. Robins Mutter war eine Bäckereifachverkäuferin, die in zwei Schichten arbeiten ging und sein Vater Filialleiter einer großen Handelskette. Sie arbeiteten hart und erfüllten Robin jeden Wunsch. Sie nutzten jede freie Minute mit ihrem Sohn und unternahmen viel. Ihr Sohn liebte das Wasser. Er fuhr leidenschaftlich gerne Tretboot auf der Saale. Sein Vater kannte den Besitzer des Bootsverleihes noch aus Kindertagen. Robin genoss die Momente mit seinen Eltern.

Seit zwei Wochen, zur Verwunderung seiner Eltern, war für den kleinen Robin Tretbootfahren erst einmal Geschichte. Stand-up-Paddling war Robins neues Hobby. Er sah es im Fernsehen und musste das unbedingt ausprobieren. Hauptsache raus in die Natur. Raus auf das wilde Wasser. Robin war ein kleiner Floh und hielt seine Eltern auf Trab.

Auf dem Spielplatz war es brechend voll und laut. Das passende Wetter für einen Besuch. Robin trug an diesem Tag ein auffälliges gelbes Muskelshirt von Fortnite. Seine Lieblingsfigur, ein lilafarbiges Lama, war vorne aufgedruckt. Er mochte das Shirt. Dazu trug er eine bräunliche, kurze Hose und dunkle Schuhe. Die Schuhe zog er sich allerdings schnell vor einer Parkbank aus, wo die Mädels und deren Mutter ihre Habseligkeiten abstellten, und er sprang beherzt in den aufgewärmten, körnigen Sand. Er vergrub seine Füße darin.

Der Lärmpegel war enorm. Lachende Kinder überall. Die Zeit verging wie im Flug. Robin spielte mit seinen Autos, und die Mädchen schaukelten wild um die Wette.

>>Springt, traut euch, springt!<<, rief die Mutter ihnen zu. Andere Erwachsene blickten besorgt, denn nah an der Schaukel spielten Kinder im Sand.

Ein Mädchen ließ die Schaukel los und hob ab, gleich darauf schickte es einen gellenden Schrei in den blauen Himmel. Es war mit einem der im Sand spielenden Kinder zusammengestoßen, die kleinen Köpfe plauzten gegeneinander. Auch das andere Kind begann jämmerlich zu weinen. Alle schauten zu den Verletzten. Der Fremde nutzte seine Chance.

>>Komm mit!<<

>>Schau, deine Freundin hatte einen Un-

fall. Ich soll dich zu deinen Eltern bringen! Zu deiner Mama, in die Bäckerei.<<

Robin blickte fragend zur Mutter seiner Klassenkameradinnen, die zu ihrer Tochter geeilt war, hinüber. Die schien ihm bestätigend zuzunicken.

Hektisch zog der Mann dem Kind die Schuhe an. In diesem für ihn perfekten Moment, so wurde später rekonstruiert, schnappte sich der Entführer Robin. Er blickte hastig in alle Richtungen und verließ gemeinsam mit dem blonden Jungen mit den graugrünen Augen den Spielplatz.

Nach den Zeugenaussagen stand schnell fest, dass das Verschleppen des Jungen sehr leicht gewesen sein musste. Ein Kinderspiel für den Täter oder die Täterin, die auf diese Gelegenheit hin fieberten. Steiner wusste anfangs nicht, ob er es mit einer oder mehreren Personen, männlich oder weiblich, zu tun hatte.

Wie gewohnt erzählten viele Menschen verschiedene Dinge. Der kleine Robin hatte mit einer Frau gesprochen. Einer hübschen Frau, so erzählte ein Obdachloser, der auf der Nachbarbank ein Mittagsschläfchen halten wollte.

Steiner spann sich ein Netz aus allen Informationen zusammen. Er übersah kein Detail. Er schaute wieder und wieder auf seinen Notizblock. So gut wie nie hatte er etwas übersehen. Darauf war er stolz. Wenigstens war er im Berufsleben keine Null.

Das schöne Wetter war zugleich Segen und Nachteil am Tag des Verschwindens von Robin gewesen. Der Spielplatz war an jenem Vormittag stark frequentiert, das bedeutete eine größere Anzahl Zeugen. In dem ganzen Getümmel fiel ein Kind, das auf einmal verschwand, andererseits nicht weiter auf. Ein Fingerschnippen – und der Junge war weg.

***

Die Meldung über Robins Verschwinden traf gerade auf dem Revier ein, als sich Luke Steiner einen Snickers-Riegel am Snack-Automaten zog. Der Automat besaß ein Eigenleben.

>>*Du scheiß Teil!*<<

Wieder einmal trat und schlug er auf den Metallkasten ein, um an seinen Riegel zu gelangen. Jeden zweiten Tag hörte man es im Küchenraum des Reviers rumpeln und poltern. Steiner hasste das Ding. Aber ... die Riegel waren den Ärger wert.

Einmal im Monat rief er persönlich die Firma an, die die Automaten wartete und befüllte, da er sich stets sicher sein wollte, dass seine Riegel auf Lager seien. Ohne seine Schokoriegel ging es nicht. Und das hatte einen Grund. Drei Wochen versuchte der Mordermittler jetzt schon, mit dem Rauchen aufzuhören. Es war eine Qual für ihn. Er aß als Ersatz einen dieser Schokoladenriegel, das erschien ihm als richtiger Notbehelf, da Nikotinpflaster, wie auch die blöden Kaugummis, keine Wirkung zeigten. Viel hatte er versucht. Nichts half.

Sein Arzt hatte ihm geraten, aufgrund seines sehr stressigen Berufes das Rauchen aufzugeben. Und was sein Doktor sagte, war Steiner heilig. Meistens.

>>Sie müssen mit dem Rauchen aufhören, Herr Steiner!<<

>>Ihr Langzeit-EKG war nicht ganz unauffällig, auf lange Sicht hin ist das Nikotin ein Risikofaktor, da Sie unter hohem Stress stehen.<<

Sonst locker und immer einen Spruch parat, saß der Beamte auf dem Stuhl im Behandlungsraum. Die Wände waren schlicht in Weiß gehalten. Vor ihm hing ein großes Bild an der Wand. Es war scheußlich. Ein alter Mann saß an einem Strand. Der Bilderrahmen war mintgrün und noch hässlicher als das Gemälde. Er schaute seinem Arzt überrascht in die Augen. Steiner war von den Worten entgeistert, seine gewohnt coole Art ließ auf sich warten.

>>Sie wissen schon, dass mich die Kippe beruhigt!<<

>>Herr Steiner, wenn Sie begriffen haben, dass Ihre Kippe, wie Sie so schön sagen, ungesund für Sie ist, dann reden wir weiter!<<

***

Am vermeintlichen Tatort angekommen, stieg Steiner aus seinem Auto aus und blickte hoch zum gnadenlosen Feuerball. Die Sonne brannte. Er nahm einen kräftigen Schluck aus seiner Wasserflasche und lief zielstrebig in die Glutgewalt. Mittels Hubschrauber suchte man aus der Luft nach dem Kind.

Überall standen Schaulustige im Weg herum. Jeder wollte einen Blick erhaschen. Ein Meer aus Handys. Unerträgliche Neugier. Die Polizei kämpfte mit den Gaffern, die Fotos vom Geschehen schossen. Ein Spielplatz ist ein Platz des Lachens. Kinder haben Spaß und schreien vor Freude. Niemals sollte ein Spielplatz ein möglicher Tatort sein. Steiner schaute sich um.

Wildes Gerangel. Ein dritter Rettungswagen fuhr vor. Die Mutter der beiden Töchter, die auf Robin aufgepasst hatte, war nicht ansprechbar. Ihre verunfallte Tochter und das zweite verletzte Kind wurden für weitere Untersuchungen in das nahegelegene Krankenhaus gefahren. Äußerlich sahen die Kopfverletzungen nicht schlimm aus, doch die Rettungssanitäter wollten auf Nummer sicher gehen. Zu viel für die Frau. Sie lag nun selbst auf einer Trage in einem der Rettungswagen, hielt ihre andere Tochter fest und schützte zugleich ihr Gesicht mit einem weißen Laken. Sie wollte nicht von Gaffern gefilmt werden.

Steiner ging zum Rettungswagen. Er wollte der Frau ein paar Fragen stellen. Sie war es gewesen, die die Polizei über das Verschwinden des Jungen informiert hatte. Das war keine dreißig Minuten her gewesen.

>>Können Sie mir bitte noch einmal sagen, was passiert ist?<<, fragte er.

>>Wann haben Sie Robin das letzte Mal gesehen?<<

>>Sie waren doch mit dem Jungen heute hier auf dem Spielplatz?<<

>>Hallo?<<

Keine Reaktion. Das Tuch blieb, wo es war, sie zog es nicht einmal vom Gesicht.

Steiner schaute mürrisch. So schlimm ging es ja ihrer Tochter augenscheinlich nicht, was sollte das Theater. Er warf einen dezenten Blick auf ein Klemmbrett, das ein Sanitäter in den Händen hielt. Ihre Krankenkarte steckte unter dem Bügel. Frau Weber war ihr Name. Schnell notiert. Die Mutter der beiden Mädchen stand unter Schock. Ihr Blutdruck sackte wohl ab. Sie antwortete nicht. Sanitätern und Ärzten blieb nichts anderes übrig, als sie sofort ins Krankenhaus zu bringen. Sie erlitt wohl gerade einen Nervenzusammenbruch.

Mit den Notizen in der Hand trabte der Beamte über das weitläufige und unübersehbare Gelände und hörte, wie um ihn herum Polizisten nach dem verschwundenen Jungen riefen. *Robin, Robin, Robin!* Der Rettungswagen fuhr los.

Steiner war keine halbe Stunde am Ort des Geschehens, als ein Mann, mit einem kleinen Kind in einem grünlichen Shirt an der Hand, auf ihn zu kam. Kollegen verjagten die Schaulustigen. Steiner schaute zu dem Kind runter. Der Typ roch nach billigem Parfüm und machte einen recht unsympathischen Eindruck.

>>Diese Augenbrauen.<<

Sein Bauchgefühl schlug an wie die Nadel eines Kompasses. Steiner musterte das kleine Kind. Der Kerl schien besorgt, war aber zugleich sehr neugierig. Er hielt sein Kind viel zu fest an der Hand, zerrte an dem kleinen Arm.

>>Ich habe den verschwundenen Jungen gesehen!<<, sagte er erregt.

>>War er mit jemandem zusammen?<<, wollte Steiner sofort wissen.

>>Na ja ...<<

>>Was ... Na ja?<<

>>Da war ein Mann, der immer wieder zu dem Jungen in den Sandkasten ging. Ich dachte, es sei sein Vater, und wenig später ging der Mann mit dem Jungen in diese Richtung<<, erklärte er.

Der Geruch des Parfüms widerte Steiner an. Der Beamte musterte den Mann von oben bis unten. Er prägte sich Auffälligkeiten genau ein. Das Kind zuckte, schaute verängstigt. Nicht älter als drei Jahre war es. Ohne mit seinem Vater zu reden, stand es einfach nur da. Steiner fand das seltsam. Er schenkte dem kleinen Jungen nun seine komplette Aufmerksamkeit.

Steiner kniete sich herunter.

>>Na du, bist du mit deinem Papa unterwegs?<<, fragte Steiner das Kind.

Der Junge schaute ihn mit großen Augen an und schwieg.

>>Geht es dir gut? <<

Er sagte kein Wort.

Der Mann lenkte erklärend ein.

>>Mein Sohn ist etwas schüchtern. Sie sind

für ihn ein Fremder!<<

***

Kurz nachgedacht, die Gedanken gesammelt, verabschiedete sich Steiner von den beiden. Er drückte dem Typen noch schnell seine Visitenkarte in die Hand.

>>Wenn Ihnen noch etwas einfallen sollte, rufen Sie mich bitte an. Ich bin Tag und Nacht erreichbar.<<

Steiner folgte der Zeugenaussage, dennoch war er ein wenig stutzig. *Irgendwas stimmte hier nicht!*

Er stellte sich die Frage, warum ein Vater, der mit seinem Kind auf einem überfüllten Spielplatz Zeit verbrachte, andere Personen so genau beobachtete.

Der warme Wind pustete durch sein Haar. Mit den Notizen in der Hand, folgte er der Zeugenbeschreibung. Er lief zu dem schmalen Trampelpfad, wo der Zeuge den Jungen und den Unbekannten gesehen haben wollte, um eventuelle weitere Spuren finden zu können, hoffentlich auch das verschwundene

Kind.

Zum Glück waren an diesem sonnigen Vormittag kaum Passanten auf dem Pfad unterwegs. An manchen Tagen konnte man hier kaum laufen, ohne von Joggern oder Radfahrern über den Haufen getrampelt oder gefahren zu werden. Es war zu heiß heute. Aufmerksam blickte Steiner um sich, bis er plötzlich etwas entdeckte.

>>*Oha?*<<, murmelte er vor sich hin.

In einem Gestrüpp nahe dem Pfad lag ein einzelner kleiner Schuh im wuchernden Gras. Marke Adidas. In der Größe 34, schwarz, dunkel, mit orangefarbenen Schnürsenkeln. Der Schuh sah neu aus. >>*Wer wirft einen neuen Schuh weg? Vielleicht gehört dieser Schuh Robin?*<<, überlegte Steiner leise und hob ihn mit seinem Kugelschreiber auf.

Er schaute sich weiter um. Außer ein paar leeren Bierflaschen und benutzten Kondomen entdeckte er nichts.

***

Steiner fuhr zurück ins Büro. Die Eltern von Robin waren eingetroffen.

Ihm war unwohl auf dem Weg zu seinem Schreibtisch, wo Robins Eltern weinend auf den Beamten warteten. Oft hatte er Angehörigen schlimme Nachrichten überbringen müssen, hier handelte es sich um ein höchstwahrscheinlich entführtes Kind. Ein Kind, welches von seinen Eltern geliebt und vermisst wurde. Zuhause oder bei Freunden war Robin jedenfalls nicht aufgetaucht. Die Sorge der Eltern durchtränkte das Büro.

Mutter und Vater, die sich jeden Tag den Hintern aufrissen, um ihrem Kind ein angenehmes Leben bieten zu können. Eltern, die ihr Kind beschützten. Steiners Kinder waren noch da, sie mochten momentan einfach nur keinen Kontakt zu ihm – doch Robins Eltern waren hilflos. Ihr Kind war spurlos verschwunden. Einfach weg.

>>Es tut mir unfassbar leid, dass wir uns hier, unter diesen Umständen, sehen müssen!<<

>>Wir gaben unseren Robin in vertraute Hände.<<, weinte die Mutter schmerzvoll.

>>Gibt es noch keine Hinweise?<<, wollte

Robins Vater wissen.

>>*Ich kann Euch leider nichts Genaueres sagen.*<<

>>*Es tut mir leid! Ich gebe mein Bestes.*<<, versprach er.

>>*Ich werde Robin finden!*<<

Steiner fiel es schwer, den beiden ins Gesicht zu schauen. Er mochte nicht die Trauer in ihren Augen sehen. Er mochte nicht die Verlustangst erkennen. Steiner hatte vor einem Jahr ein Interview zum Vorbeugen von sexuellem Missbrauch und Entführungen geführt, in den meisten Fällen kamen die Täter aus dem eigenen Verwandten- oder Bekanntenkreis. Menschen die Augen zu öffnen, war sein Ziel. Sexueller Missbrauch an Kindern war viel mehr als landläufig verstanden. Es sind nicht nur handgreifliche Delikte oder Berührungen. Auch verbale Anzüglichkeiten, Zeigen von Filmchen, oder, was sehr oft vorkommt, Exhibitionismus, fallen darunter. Eine Entführung ist in den meisten Fällen sehr einfach. Die Täter gehen geschickt vor.

Ihm war schlecht. Nicht nur, weil es sich um ein Kind handelte, es war der Hauptgrund, weshalb Steiner auf hundertachtzig war, sondern auch, weil er die Eltern kannte. Flüchtig, aber intensiver als nur durch belanglosen Small Talk. *Wenn man jemanden persönlich kennt, wird es schwerer, doch man muss objektiv an die Sache herangehen.* Einen kühlen Kopf bewahren.

***

Zurück auf dem Spielplatz.

Der komische Typ mit der detaillierten Beschreibung, ein wichtiger Zeuge also, war mittlerweile verschwunden. In dem ganzen Gewühl kein Wunder. Vielleicht musste er mit seinem Kind nach Hause?

Steiner beobachtete seine Kollegen.

Die Spurensicherung war zu Gange. Nichts durfte angefasst oder verändert werden. Alle möglichen Plätze, Wege oder Schleichwege wurden untersucht. Der Zeitpunkt des Verschwindens war enorm wichtig. So wussten die Polizisten, welchen Vorsprung der Entführer hatte, wenn es ihn denn gab. Zeugen wurden immer noch vernommen. Plötzlich war ein Funkspruch zu hören, der alle anwesenden Polizisten elektrisierte.

>> ... *Vermeintlich leblose Person gefunden.*<<

Keine zwei Kilometer vom Spielplatz entfernt an dem alten Planetarium.

Der Fund sprach sich rum wie ein Lauffeuer. Die Menge der Schaulustigen wogte.

Dem Beamten wurde schwer ums Herz, als er den Funkspruch hörte. Er hatte keine genaueren Informationen erhalten. Doch wie hoch war die Wahrscheinlichkeit, dass es sich nicht um Robin handelte?

Das alte Planetarium war ein stadtbekanntes Fleckchen für Alkoholiker. Ab und an gab es hier Ruhestörungen.

Am vermeintlichen Tatort angekommen, erkannte Steiner, dass er bei weitem nicht einer der ersten war, die hier eintrafen. Eine große Menschen-Traube, die mit ihren Handys filmte und Fotos knipste, hatte sich versammelt. Störenfriede. Unmenschlich. Steiner forderte lautstark Abstand. Er verstand die Welt nicht mehr. Das Gedränge verärgerte ihn.

>>Verpisst euch!<<, schnauzte er in die Menschenmenge.

>>Sichtschutz, ihr Pfosten!<<

>>Das kann doch nicht sein, ihr Idioten!<<, motzte er die Kollegen an.

>>Habt ihr eure Ausbildung in der Lotterie gewonnen?<<

>>Was seid ihr für Helden ...<<

Angepisst über die Arbeitsweise der jungen Beamten, schnipste Steiner die Kippe, die er später eigentlich rauchen wollte, weg. Zu seiner Zeit stand man noch für etwas ein. Die jungen Kollegen waren in seinen Augen kleine Schlappschwänze, die sich nicht durchsetzen konnten. Oder wollten.

Steiner warf einen kurzen Blick auf den Notizblock seines Kollegen, der neben ihm stand, und konnte nicht fassen, was dort notiert worden war. Lustlose Stichpunkte.

>>Was hast du denn für Notizen gemacht?<<

>>Ist das Malen nach Zahlen?<<

Auf einer von Müll übersäten, heruntergetrampelten Rasenfläche neben dem alten Planetarium, das Gras war grünlich-schwarz und schmierig-glitschig, halb verborgen unter einem vergammelten Hagebuttenstrauch, lag das Opfer. Klein. Zart. Und blutüberströmt. Das Gesicht mit einer Tüte bedeckt.

>>*Tot!*<<

Keine Vitalwerte. Der herbeigerufene Notarzt hatte dies bereits bestätigt.

Es stank nach Fäkalien und Abfall. Fliegen umkreisten die Polizisten. Die Spurensicherung war noch nicht vor Ort. Zögernd nahm er seinen Kugelschreiber zur Hand, um den dunkelblauen Müllsack vom Gesicht der kleinen Person zu entfernen. Kurz hochgehoben und ihm wurde schlecht. Spätestens jetzt wäre ihm klar geworden, auch ohne den Notarzt, dass er es mit einer Leiche zu tun haben musste.

Es war ein Kind. Das Opfer war ein kleiner Junge.

Der Anblick war äußerst bedrückend. Steiner wusste, dass er nichts anfassen durfte, aber er wollte nicht auf die Spurensicherung warten. Die Zeit war kostbar. Dieses arme hilflose Kind. >>*Das dauert mir zu lange!*<<

***

Mit der Taschenlampe leuchtete der Kriminalbeamte dem toten Kind in die Augen und prüfte, ob Einblutungen zu sehen waren. Das hätte auf Würgen oder Erdrosseln hindeuten können. Auf dem zarten Gesicht wie auch auf dem kleinen Körper waren Unmengen an Schnittwunden und Abschürfungen. Dieser kleine, unschuldige Junge. Es war so traurig.

Der Bereich um den Mund des Jungen war blutbesudelt. Steiners erster Gedanke: *Blut-Spucken.* Der Kriminalbeamte vermutete, dass wichtige Adern in der Speiseröhre geplatzt waren, was zum Tod durch Ersticken geführt haben könnte. Doch dann sah er, dass etwas fehlte, die Zunge des Opfers war säuberlich abgetrennt worden. *Daher das viele Blut.*

Am Shirt des Kindes war ein dunkler Blutfleck zu sehen. Weinrot glänzte der Klecks. Fliegen labten sich an dem Blut. Steiner musste kurz nach Luft schnappen. Ein Kollege übergab sich.

>>*Wohl ein sauberer Stich ins Herz, da kennt sich jemand aus*<<, fluchte er.

Zögernd tastete er sich mit seinem Kugelschreiber voran. Ihm fiel etwas Merkwürdiges am rechten Hosenbein des Leichnams auf. Eine bräunlich-rote Flüssigkeit lief am Innenschenkel herunter. Es roch komisch. Der Gestank war kaum auszuhalten. Steiner beugte sich vorsichtig über die Leiche und kniff die Augenlider fest zusammen. >>*Das darf, doch nicht wahr sein ...*<< Der Anblick war schauderhaft. Ein abgebrochener Stock mit einem Umfang von etwa fünf Zentimetern lugte hervor. Der Täter hatte diesen Ast dem Kind in das Rektum geschoben und es damit vergewaltigt.

Steiners Kaffee kam ihm wieder hoch. Der Beamte kochte vor Wut und sprang angewidert auf. Er drehte sich kurz um und beugte sich, mit beiden Armen an den Oberschenkeln abstützend, nach unten und holte tief Luft. Dann riss er sich zusammen. Er zählte leise bis drei, biss sich auf die Unterlippe. >>*Was für ein Dreckschwein!*<< Dann beugte er sich zärtlich zu dem kleinen Opfer hinab. Der Beamte sprach sacht zu dem toten Jungen.

>>*Ich finde das Arschloch, mein Kleiner! Versprochen ...*<<

***

Lange konnte das Kind hier nicht gelegen haben. Es war ohnehin noch nicht so lange vermisst. Die Totenstarre hatte noch nicht vollständig eingesetzt. Und die Wärme tat das übrige. Es gab um den After herum kaum Eintrocknungen.

Fußspuren oder dergleichen fanden sich nicht.

Schmeißfliegen belagerten den kleinen Körper. Diese Insekten sind meist die Ersten an einem Tatort.

Der Täter wusste, was er tat. Steiner begann bereits gedanklich, ein Täterprofil anzulegen.

>>Wonach sieht das hier aus?<<, fragte er seine Kollegen.

>>Vielleicht nach einem Metzger oder einem Täter, der sich im Vorfeld genau erkundigt hatte, wie der Stich ins Herz zu sitzen hatte<<, antwortete ein Kollege.

>>Vielleicht ein Jäger ... oder ein Serienmörder!<<

>>Ganz genau!<<, murmelte Steiner.

Doch eines war seltsam. Der Mörder hatte sich keinerlei Mühe gemacht, das tote, zungenlose Kind vor der Öffentlichkeit zu verstecken. Weggeworfen wie ein Müllsack. Er wollte augenscheinlich, dass seine Tat schnell entdeckt würde.

Fassungslos nahm er seinen Kugelschreiber wieder zur Hand, um den Leichnam weiter zu inspizieren. *So ein abscheuliches Verbrechen.* Steiner hatte schon den einen oder anderen Mordfall bearbeitet. Aber keiner war so grausam wie im Fall des kleinen Robin. Noch nie hatte er es mit einem toten Kind zu tun gehabt, das derart bestialisch verstümmelt worden war.

Ihm war kotzübel.

Noch einmal ganz genau hingeschaut. Den säuerlichen Geschmack wieder heruntergeschluckt. *>>Du brichst jetzt nicht!<<,* fiel ihm ein schmerzliches Detail auf. Etwas, das er beinahe übersehen hätte. Und zwar einen schwarzen Adidas-Schuh. Er passte sicher perfekt zu dem anderen, den Steiner nur Stunden zuvor am Trampelpfad entdeckt hatte.

***

Die Zigarette qualmte. Die Kekse lagen unberührt in der Dose. Der Papierkram unverändert. Der Kaffee wurde kälter und die Sonnenstrahlen quälten sich durch die graue Jalousie, die schief am Fenster hing.

Das Telefon klingelte. Ein Anruf holte Steiner unsanft aus seinen Gedanken zurück.

3 Am Fenster

Wieder einmal konnte ich nicht schlafen. Ich fühlte mich, als wäre ich seit Tagen wach, unendlich lange wach. Ich war müde, die Augen fielen mir zu, doch ich konnte nicht einschlafen. Der Mond würde bereits hoch am Himmelszelt stehen, wie die Milliarden von Sternen – doch an diesem Abend blieben sie verborgen. Fette Wolken versperrten die Sicht. Ich musste schlafen. Der Wecker würde in acht Stunden klingeln. Ich musste in die Schule gehen.

Lautes Gewitter machte mir Angst. Donnerschlag und Windgeheul zischten an meinem Fenster vorbei. Große Regentropfen klopften an die Scheibe. Die schaurige Geräuschkulisse fegte über die sonst so lärmstarke Straße. Zwei Stunden regierte das Unwetter schon. Der Regen war eigentlich schön. Ich konnte bei Regen sonst sehr gut einschlafen, aber irgendwie hielt mich ein komischer Gedanke wach, ein mulmiges Gefühl. Egal, wie tief ich mich in mein Kissen quetschte, ich blieb wach.

Meine Mama las mir an diesem Abend zum zweiten Mal eine Gute-Nacht-Geschichte vor. Sie war eine liebe Seele und gab Zeile für Zeile lieblich wieder, um mich zu beruhigen. Ich konnte aber einfach nicht schlafen.

Das Unwetter half meiner Angst.

Ich wollte die *Benjamin-Blümchen-Weihnachtsgeschichte* gerne hören. Eine tolle Geschichte. Ich mochte Weihnachten sehr und glaubte noch an den Weihnachtsmann, egal was meine Freunde sagten – es gab ihn. Das wusste ich genau.

>>Und, mein Schatz, hast du den Wunschzettel fertig?<<

>>Ja, Mami, das ist doch das Erste, was ich mir immer vornehme im neuen Jahr.<<

>>Weißt du doch ...<<

Etwas gefiel mir nicht. Mama las mir mit viel Liebe meine Lieblingsgeschichte vor, nur irgendetwas stimmte nicht mit ihrem Unterton.

>>Aber was?<<

***

Als ich am Nachmittag nach Hause kam, ich blieb so lange es ging im Hort, da ich dort viel Zeit mit meinen Freunden verbringen konnte, wir spielten jeden Tag Fußball, ob Regen, Sonnenschein oder Schnee, war die Stimmung zu Hause nicht die beste. Ich steckte den Wohnungsschlüssel in das Türschloss, es knackte. Ich drehte den Schlüssel um und drückte die Wohnungstür auf.
>>Hallo Mama ...<<

Kurz war es still. Mama stand im Flur und lächelte mich an, aber nicht glücklich. Ich verzog die Augenbrauen. Sie war angespannt und wirkte nervös, wie ein aufgeschcuchtes Reh. Ich stellte mich auf die Zehenspitzen und gab ihr ein Küsschen auf die Wange. Für meine zehn Jahre war ich weiter als meine Klassenkameraden, und ich spürte es, wenn etwas nicht stimmte. Nicht nur schulisch, auch menschlich war ich den meisten Kindern in meinem Alter weit voraus. Manchmal war das sehr nervig. Wie in jenem Moment.

Ich mochte meine Freunde und Klassenkameraden. Die Mädels aus der Klasse fanden mich niedlich. *Voll eklig. Das waren Mädchen.* Meine Mutter fand das süß. Ich hingegen spielte lieber Fußball mit meinen Freunden. Es gab aber ein Mädchen, Sarah hieß es, ein intelligentes und echt nettes Mädchen. Es saß neben mir im Unterricht, und ich verbrachte gerne Zeit mit ihr.

Als sie neu in unsere Klasse kam, setzte sie sich zu mir. Wir hatten gleich einen Draht zueinander. Sie war Fan von Ronaldo, ich ein großer Fan von Messi. Wir hatten jeden Tag Gesprächsstoff. Das einzige Mädchen, das ich cool fand. Eigentlich wollte ich neben Martin sitzen, meinem besten Kumpel, doch das sahen die Lehrer nicht so gerne, da wir immer mal wieder Quatsch machten und schwatzten. Sarah sagte einmal zu mir: >>*Du wirkst viel erwachsener. Nicht so dumm wie deine Kumpel.*<< Dabei schaute sie mich lächelnd verliebt an. *Bääähhh!*

Meine Eltern waren mit Sarahs Eltern befreundet. Wir sahen uns deshalb öfter auch außerhalb der Schule. Wir wurden zu Geburtstagen eingeladen, und im Gegenzug luden wir Familie Mertins natürlich zu unseren Feiern ein. Doch Mutti übertrieb stark. Als müssten Sarah und ich heiraten. Papa sagte, *das sei ein typisches Frauending.*

>>Gefällt dir Sarah?<<

>>Mutti, du nervst!<<

***

An diesem Nachmittag versuchte meine Mutter Oscar-reif, mich hinters Licht zu führen. Ihr Lächeln war nicht echt. Sie ging meinen Fragen aus dem Weg. *>>Ist irgendetwas?<<*

Sie spürte, dass ich stutzig war. Mama war sehr aufgeregt. Ich erkannte die Angst, die ihr ins Gesicht geschrieben stand.

Ich versuchte, die seltsame Situation zu ignorieren. Den Schulranzen schaffte ich mit dem Sportzeug zusammen in mein Kinderzimmer, wie jeden Tag, als plötzlich Mamas Telefon klingelte. Der Klingelton war besonders laut eingestellt. Vor Schreck ließ sie den Teller auf den Küchenboden fallen. Sie hatte gerade abgewaschen. Zögernd wischte meine Mutter mit dem Finger über das aufleuchtende Display.

Mama sprach mit Papa.

»Hallo!«

Mir war klar, dass sie zuvor schon über das mir unbekannte Thema gesprochen haben mussten.

Ich belauschte beide.

»Und ... hast du Neuigkeiten?«, fragte Mutti mit zittriger Stimme.

Ihr Telefon war lautgestellt, ich konnte meinen Papa klar und deutlich verstehen.

»Nein, mein Schatz!«, antwortete Papa mit trauriger Stimme. Er verschluckte einige Silben.

»Wir müssen abwarten, so schwer das ist, Sabine.«

»Ich schaffe das nicht, Peter!«, stotterte Mama mit weinender Stimme und brach in der Küche zusammen.

***

Es war still. Einige Minuten vergingen, in denen ich die Luft anhielt und bloß meinen eigenen Herzschlag hörte. Ich schwitzte.

Kalter Schauer lief mir über den Rücken. Das Blut rauschte durch meine Schläfen. *Was war passiert?* Unsicher kam ich aus meinem Versteck im Wohnzimmer hervor, trat über die Türschwelle und betrat mit langsamen Schritten den dunklen Flur. Ich hasste diesen Bereich der Wohnung. Das Tageslicht kämpfte sich durch das große Küchenfenster in den Korridor. Die einzige natürliche Lichtquelle. Dieser Bereich der Wohnung ist von Haus aus düster. Keine Fenster. Ich mochte den Flur nicht leiden.

Schon oft sah ich, wenn ich nachts auf das Klo musste, an der Wohnungstür, direkt neben dem Schuhschrank, einen gruseligen Schatten stehen. Der dunkle Umriss bewegte sich nicht. Er war einfach nur da. Groß und massiv. Unheimlich.

Wenn ich nachts auf die Toilette musste, rannte ich immer in das Badezimmer. Und manchmal, wenn ich mit dem Pullern fertig war, das Licht im Badezimmer löschte und blitzschnell in mein Zimmer zurück sprintete, bemerkte ich kleine Veränderungen in meinem Kinderzimmer, die mich verunsicherten, mir Angst machten. Gelegentlich kam es vor, dass mir die Luft zum Atmen vor Schreck wegblieb.

Es kam öfter vor, da lag das Kissen auf dem Teppich, obwohl ich mir sicher war, dass ich es nicht beim Aufstehen zu Boden geschmissen hatte. Manchmal war auch die Bettdecke zerwühlt, als hätte jemand nach etwas gesucht. Ein komischer Geruch lag in der Luft. Ein stinkendes Parfüm oder so. Manchmal bewegte sich auch die Kinderzimmertür, von ganz alleine, während ich in meinem Bett lag und versuchte, wieder einzuschlafen. Nur einen kleinen Spalt weit. Aber die Tür bewegte sich. Ich schrak hoch, hielt die Luft an und zählte bis zehn. Seit den Vorfällen liege ich nicht mehr mit dem Rücken zur Tür. Früher war das kein Problem. Aber mittlerweile schaffe ich es keine zwei Minuten, der Kinderzimmertür den Rücken zuzukehren. Ich fühlte mich beobachtet. Ich zählte leise die Sekunden. Ein Gefühl von Unbehagen strich leicht über meine Haut, wie die knochigen Finger einer Hexe, die ihr nächstes Opfer berührt. Gänsehaut spross wie Pickel. Ekelhaft.

Eines Nachts, es war schon spät, ich wachte schweißgebadet auf, da sah ich diesen gruseligen Schatten direkt vor mir. Ich hörte schweres Atmen. Es zitterte. Diesmal war er in meinem Kinderzimmer. Der Schatten stand regungslos vor meinem Bett. Das weiße Mondlicht schimmerte schwach und drückte der schwarzen Silhouette einen beängstigenden Umriss auf. Angsterfüllt zog ich mir die Bettdecke über den Kopf und zählte flüsternd bis drei. 1… 2… 3… ! Ich wollte nicht atmen. Ich hatte Angst. Eine leise Stimme in mir sagte mir, wenn ich atme, höre ich vielleicht die Schritte des Schattens nicht. Die Decke vergrub mein halbes Gesicht. Mit dem rechten Auge schaute ich vorsichtig an mein Bettende hinunter. Der Schattenumriss war verschwunden. Ich holte tief Luft und sprach mir selber Mut zu. *Da ist nichts. Guck unter dein Bett.* Keiner war in meinem Zimmer. Du bist fast erwachsen! Doch … der Geruch lag in der Luft. Es stank widerlich. Die Tür schlug zu.

Angst!

An manchen Abenden war es so schlimm, dass ich mir den Gang aufs Klo verkniff, weshalb ich *nass* aufwachte. Ich schämte mich. Ab und zu versteckte ich die nassen Schlüpfer in meinem Kleiderschrank, in der Hoffnung, dass meine Eltern sie nicht finden würden. Wenn ich aber mutig war, es gar nicht mehr aushielt, mein Rücken schon schmerzte, rannte ich blitzschnell ins Badezimmer, um zu pinkeln.

Und dann das! Die Silhouette, die wieder neben der Wohnungstür stand, sie war nicht jede Nacht zu sehen, doch in dieser einen Nacht – da griff sie auf einmal nach mir. Sie kam leise stöhnend auf mich zu. Ich hatte Angst. Ich bekam keinen Ton, keinen Hilfeschrei heraus, als würde mir eine unsichtbare Hand den Mund zuhalten. Stumm. Ich zitterte am ganzen Körper. Vor Angst machte ich mir in die Hose. Der Schatten trat näher, seine Hände kamen immer näher. Ich rannte zu meinen Eltern in das Schlafzimmer.

>>*Papa! ...*<<, schrie ich weinend.

Mama schaltete erschrocken das Nachtlicht ein, rüttelte Papa wach, der sich sofort in der Wohnung umsah.

>>*Komm her, mein Schatz!*<<

Ich verkroch mich unter Mamas Decke. Ich fühlte mich wohl, als das Licht der Lampen die Dunkelheit vertrieb.

Papa entdeckte nichts, fand meine Ängste übertrieben. Niemand war in der Wohnung. Auch nicht in meinem Kinderzimmer. Er schaute sogar in allen Kleiderschränken nach.

Ich rannte bald oft in der Nacht in das Schlafzimmer und zottelte Papa aus dem Bett. Er war davon genervt. Papa sagte immer: >>*Wenn man aus dem Schlaf erwacht, ist man noch im Trampel. Da sieht man Dinge, die nicht existieren.*<< Ich wusste nicht so genau, was er mir damit sagen wollte, doch was ich wusste, war, dass ich mir diese schattenhafte Gestalt nicht eingebildet hatte.

Eines Nachts, der komische Geruch war wieder da. Dieses stinkende Parfüm lag in der Luft und kroch langsam in mein Kinderzimmer und wedelte in meine Richtung, ich musste dringend pullern und wollte gerade aufstehen, als der Schatten in mein Zimmer schaute und plötzlich zu mir sprach.

>>*Hallo, mein Kleiner ...*<<

>>*Wie geht es dir heute?*<<

***

Mit gezielten Schritten steuerte ich die Küche an. Es war nicht leicht für mich. Ich wusste nicht, wo oben und wo unten war. Das Telefonat war beendet. Mama legte nicht sofort auf. Es tutete kurz, bis ihr Handy-Display schwarz glänzte. Ich konnte Mamas schmierige Fingerabdrücke auf dem Display sehen. Als meine Mutter mich bemerkte, ich aus dem Versteck kam, stand sie sofort vom Fußboden auf, wischte sich kurz über das Gesicht und lächelte rüber zu mir. Ich sah die Tränen in ihrem Gesicht.

>>Mama, ist alles o. k.?<<, wollte ich von ihr wissen.

Sie schaute mich mit ihren verweinten, großen Augen an.

>>Ja, Micha!<<, antwortete sie, griff zum Kehrblech und fegte stumm die Scherben des zerbrochenen Tellers auf.

>>Es ist alles gut, mein Prinz.<<

>>Willst du nicht etwas für die Schule machen, hast du keine Hausaufgaben auf?<<

Gedanken kreisten in meinem Kopf. Ich wusste nicht so ganz, wie ich reagieren sollte. *Trennten sich meine Eltern?*

>>Ist was mit Papa oder mit meiner kleinen Schwester Josi?<<, stammelte ich ungewollt vor mich hin.

***

Den restlichen Tag über ließ sich Mutti nichts weiter anmerken. Sie streichelte mir öfter über den Kopf – und ich tat so, als hätte ich nichts mitbekommen. Ich versuchte, Mama mit sinnlosen Fragen abzulenken.

>>Mama, warum hast du braune Haare?<<

>>Mama, wieso wohnt Frau Kirschdorf neben uns?<<

>>Wann werde ich wachsen?<<

Am späten Nachmittag schrieb ich meinem Papa eine WhatsApp-Nachricht. Ich hielt es nicht mehr aus, sie verheimlichten mir etwas, ich wollte das Geheimnis unbedingt wissen, doch es war nur ein grauer Haken zu sehen. Nach zehn Minuten noch immer keine Antwort von meinem Papa. Was war nur los? Vielleicht war es nur eine Lappalie? Ich wollte Mama nicht nerven. Und eigentlich hatte ich von Papa nie sofort eine Antwort erhalten. Es dauerte meistens eine Weile, bis eine Nachricht von ihm kam. Jeder meckerte deswegen mit Papa.

Als Schriftsteller fuhr er regelmäßig zu Lesungen und hatte hier und da einen Termin, Autogrammstunden, Pressetermine; und ich mochte das nicht. Aber Papa gab sich große Mühe, dass er immer zum Abendessen zu Hause war. Früher war er noch als Comedian durchs Land getingelt. Damals war Papa selten zu Hause. Zweihundert Tage im Jahr ohne Papa. Das war keine schöne Zeit. Manchmal ist Mama mit Papa mitgefahren. Ich war dann bei Oma und Opa.

Ich lenkte mich mit Hausaufgaben ab. Ich versuchte es.

Noch immer keine Antwort von Papa.

***

In der Schule hatten wir Projektwoche. Das war eine angenehme Zeit. Besser als der langweilige Unterricht. Bei Arbeiten, Tests oder Kontrollen war ich stets der Erste, der mit allem fertig war. Das nervte mich. Ich musste nie lernen. Ich hörte nur mit einem halben Ohr zu und konnte trotzdem alles. Ich fand den Unterrichtsstoff nicht schwer.

>>Du kannst auch langsamer arbeiten<<, sagte mein Lehrer zu mir. Doch was wusste der schon?

Herr Berg unterbreitete meinen Eltern, ohne mich einzuweihen, den Vorschlag, dass ich eine Klasse überspringen könnte. Das fand ich nicht cool. Meine ganzen Freunde. Zum Glück konnte ich meine Eltern davon überzeugen, dass das gar nicht gut für mich wäre.

Bei der Projektwoche erklärten uns zwei Polizisten, wie wir richtig reagieren, wenn uns ein Fremder anspricht. Eine fremde Person ist nicht gleich ein Fremder!

Der eine Polizist, ein kleiner, dicker Mann mit Schnauzbart, stand vorne bei der Tafel, stützte sich auf dem Lehrertisch ab und gab uns ein paar wertvolle Tipps. Das blaue Hemd quetschte sich in die Bauchfalten. Der Polizist sah komisch aus. Er sprach fließend zu uns, schnaufte aber regelmäßig nach Luft, wie eine dicke Robbe, die auf dem Rücken lag. Ich stellte mir die Fragen, wie dieser rundliche Mann den sportlichen Eignungstest überstanden hatte.

1. *>>Übt mit euren Eltern kleine Rollenspiele. Wie verhalte ich mich richtig?<<*

2. >>*Schützt euch vor Taten. Nicht jeder Fremde, will etwas Böses. Und nicht jeder Fremde will etwas Gutes.*<<

3. >>*Wie verhalten wir uns in bedrohlichen Situationen?*<<

4. >>*Wir haben das Recht „Nein" zu sagen.*<<

5. >>*Not erkennen, Hilfe holen.*<<

Seine junge Kollegin, eine kleine, schlanke Frau, mit rötlichem Haar, das komplette Gegenteil von ihrem Kollegen, erzählte uns zum Schluss noch eine Geschichte über einen Kinderfänger, der in Halle für Unheil sorgte. Sie klang wie diese blonde Modeltante aus dem Fernsehen. Wie ein Nebelhorn.

Die Polizistin war nett. Etwas dümmlich, wie ich fand. Aber nett.

Bestimmt hatte sie gerade erst ihre Ausbildung abgeschlossen.

***

Am Abend, nach dem Duschen, schlich ich auf leisen Strümpfen durch die dunkle Wohnung. Ich suchte Mama. Mich hielten komische Gedanken wach. Meine Mutter war im Wohnzimmer und schaute fern. Der Fernseher flimmerte hell auf. Das Licht der Dunstabzugshaube in der Küche leuchtete schwach in Gelb. Noch nichts zu sehen von meinem Papa oder meiner kleinen Schwester. Das Gewitter schmetterte zu Boden.

Mama und Papa hielten das stets so mit dem Licht. *Wo sich niemand aufhält, dort auch keine Festtagsbeleuchtung.* Wir Kinder vergaßen diese Regel aber oft. Doch Regeln sind nicht zum Brechen da. Das lernten wir schnell.

Ich drückte die gläserne Wohnzimmertür auf und kuschelte mich sanft an Mama, die auf der Couch saß und halb am Einschlafen war. Die Augen wurden schwerer. Das Handy hielt sie fest in der einen Hand, und mit der anderen Hand kratzte sie sich kurz über das Knie. *Ich musste lachen.* Mutti trug zu Hause immer ihre Lieblingsjogginghose. Eine grau-rot karierte Trainingshose mit einem blauen Herz auf dem Po.

Ich mochte diese Hose. *Sieht lustig aus.*

Im Fernsehen liefen gerade die Abendnachrichten, allerdings verstand ich nicht viel von dem Erwachsenengequatsche. Was ich aber kapiert hatte, war, dass jede Menge böser Menschen durchs Land streiften. Ich machte mir Sorgen wegen Papa und meiner Schwester. Eigentlich war alles schlecht, was in den Nachrichten kam. Papa meckerte jedes Mal und schüttelte mit dem Kopf.

Mutti war nicht die typische Nachrichten-Guckerin, eigentlich schaute sie selten Fernsehen. Bei ihr ertönte dafür das Radio den ganzen Tag. Papa glotzte viel in die Röhre, und Mama übertönte jeden Tag das Radio mit ihren Gesangseinlagen. Sie las auch viele Bücher und puzzelte gerne. Das mit den News hatte mich ein wenig verunsichert.

Das bläulich flackernde Fernsehlicht tanzte in der kleinen Kristallschale, in der sich drei einsame Erdnüsse befanden, und brach an der Wand. Das sah cool aus. Verschiedene Farbgebungen. Die Krümelspur der Erdnussschale verriet Mutti. Ich aß die letzten drei Nüsse auf. Diese Schale stand immer auf dem Tisch. Mal waren Bonbons, mal Nüsse drin. So wie es meinen Eltern gerade passte. Sie harmonierte aber so gar nicht mit dem Wohnzimmer. Schick war die Schale, doch sie wirkte omamäßig, alt.

>>*Oh, schon so spät!*<<, schrak Mutti

hoch.

>>*Jetzt aber ab ins Bett*<<, flüsterte sie mir leise ins Ohr, während sie meinen Kopf kraulte.

>>*Liest du mir noch etwas vor?*<<, fragte ich und verschwand in meinem Zimmer.

Dort im Zimmer fiel mir ein: >>*Mist, ich muss noch Zähne putzen!*<<

***

Der Regen klopfte leise an meine Fensterscheibe. Wortlos lag ich in meinem großen Bett, kauerte mich unter die Decke und filterte die Geräusche. Ich mochte den Regen gerne hören, aber Gewitter gar nicht. Ein enormer Donnerschlag ließ mich zusammenzucken. Mein Nachtlicht am Bett leuchtete hell auf, und es dauerte nicht lange, da betrat Mutti mein Kinderzimmer, um mir vorzulesen.

Diese Zeit war schön. Ich genoss das so sehr. Klar, ich war eigentlich schon zu alt dafür, aber manche Rituale können ruhig bestehen bleiben. Papa war der Schriftsteller, doch nur Mama konnte so schön vorlesen. Papa hatte dafür kein Talent.

Sie setzte sich zu mir aufs Bett, deckte mich sanft zu und fing mit Lesen an. Vorsichtig öffnete Mama das Buch und wischte gekonnt über die Papierseiten. Seite für Seite. Wort für Wort. Jeder Satz, den ihre liebliche Stimme sprach, beruhigte mich. Ich kuschelte mich an ihr Bein und lauschte der Geschichte.

Es donnerte wieder. Blitze erhellten den schaurigen Himmel und ließen mein Zimmer aufhellen. Plötzlich vibrierte ihr Handy. Eine WhatsApp von Papa. Mama schob das Handy zurück in ihre Hosentasche und ließ sich nichts anmerken – und ich mir auch nicht. Obwohl ich neugierig war.

Nach der Gutenachtgeschichte versuchte ich, mit Mamas Kuss auf der Wange einzuschlafen. Ich war müde und das Nachtlicht, welches Mama auf die niedrigste Stufe stellte, ein grünlich schimmerndes Lichtlein, spendete mir in dieser schaurigen Gewitternacht schützendes Leuchten und funkelte an die Zimmerdecke.

Mit dem sanften Regengeräusch im Ohr

schloss ich meine Augen und versuchte, zu schlafen.

***

Nach einer halben Stunde wälzte ich mich noch immer im Bett herum. *Zum Kotzen.* Ich schaute auf mein Handy. Papa hatte meine Nachrichten gelesen; aber keine Antwort. Ich konnte noch immer nicht einschlafen. Mein Kopf war voll und drückte. Mit leiser Stimme rief ich nach Mutti.

>>Mama, Mama ...<<

Sie kam sofort in mein Zimmer gelaufen und streichelte mir über die Stirn. Sie dachte bestimmt, dass ich einen schlechten Traum geträumt gehabt hätte.

>>Es ist alles gut ...<<, flüsterte sie mir zu.

Noch einmal las sie mir die Geschichte vor. Ich versuchte erneut, einzuschlafen.

***

Das Fernsehlicht flackerte aus dem Wohnzimmer durch den kleinen offenen Spalt meiner Kinderzimmertür hinein. Sonst war es dunkel in der Wohnung. Mutti knipste anscheinend das Licht in der Küche aus. Ich konnte noch immer nicht schlafen. Ich stand auf und ging leise zum Fenster.

Irgendetwas zog mich da hin.

Eigentlich spazierte ich im Dunkeln nicht mehr durch die Wohnung, auch nicht durch mein Zimmer. Wegen dieses Schattens.

Leise kniete ich mich auf die hölzerne Krokodilkiste, die ich von meiner Tante zum Geburtstag bekommen hatte. Dort verstaute ich sämtliches Spielzeug, das ich nicht in den Regalen unterkriegte, stützte mich mit beiden Unterarmen auf die Fensterbank und schaute auf die nasse, verregnete Straße.

Ich versuchte, keine Geräusche zu machen. Die Holzkiste knarrte ganz schön laut. Ein verräterisches Ding. Die Scharniere, zwei kleine Blechplatten, hielten alles zusammen.

Unten, auf der gegenüberliegenden Straßenseite, sah ich einen Mann, der auf dem Gehweg stand. Alleine. Er bewegte sich nicht. Er stand einfach nur so da.

Eine Katze war bei ihm. Ein niedliches Ding.
>>*Geh ins Trockene!*<<, dachte ich mir.

Mit dem Fernglas, das mir Papa von seinem Köln-Trip mitgebracht hatte, schaute ich genauer hin. PAPA!

4 Mutter

Die Wände waren dünn wie poröse Knochen. Man hätte sie vielleicht zerbrechen und einfach in Sicherheit flüchten können. An manchen Stellen breitete sich dunkler, feuchter Schimmel aus, fleckig und muffig fraß er sich durch die Farbstrukturen der Tapete. Die tapezierten Gipskartonwände erinnerten an alten Blauschimmelkäse. Sie hatte Angst. Die junge Frau stand wie angewurzelt und hielt den kleinen Jungen fest in den Armen. Um sie herum herrschte das reinste Chaos. Möbel, schon länger unbrauchbar, waren umgeworfen. Zerbrochenes Glas, ein Meer aus kleinen, spitzen Splittern, und Blut, geronnen, fleckig. Eine mephistophelische Stille lag in der Luft.

>>Wie konnte es nur dazu kommen?<<

Ihre Gedanken kreisten.

Mit neunzehn Jahren traf sie einen jungen Studenten aus Bitterfeld. Sie kannten sich von früher. Ein charismatischer Typ mit einem zauberhaften Lächeln war er schon damals gewesen, jetzt zog er sie noch mehr in seinen Bann. Ein Lächeln, mit dem er jedes Eis zum Schmelzen brachte. Sie war hin und weg, vertieft in Gedanken an ihn, verträumt, verliebt. Egal was er forderte, sie tat es.

Er zog eine Show ab, das wusste sie; jedes Mal, doch er hatte nur Augen für sie, und das genoss das junge Mädchen. Ihre Freundinnen waren neidisch. Sie war beliebter denn je. Einige Stimmen rieten ihr von dem Typen mit dem hypnotisierenden Lächeln ab – aber die fanden kein Ohr bei ihr. Warnungen gingen unter und verstummten mit der Zeit.

Jedes Wochenende ging es in einen Club in der Innenstadt. Die Disco war ein beliebter Treffpunkt für die Jugendlichen. Hip-Hop war gerade angesagt und allgegenwärtig. Alle Mädchen fuhren auf den sympathischen jungen Mann ab. Selbst einer Dozentin schmierte er Honig ums Maul – und war der King bei seinen Freunden. Er wusste mit Frauen umzugehen. Doch seine Augen visierten nur ein Ziel an.

Die beiden verloren keine Zeit. Gerade einmal zwei Wochen waren sie ein Pärchen, und schon zog sie bei ihm ein. Er hatte die Hosen an, was er sagte, war Gesetz. Er unterzog sie seiner Gehirnwäsche. Er wusste mit Worten zu spielen. Der junge Student wickelte sie um den kleinen Finger. Es dauerte nicht lange, da brach sie den Kontakt zu ihrer Familie und zu allen Freunden ab. Sie wurde manipuliert. Das Mädchen wusste nicht wirklich, wie ihr geschah. Niemand wusste, wo sie war. Keiner kannte ihren Aufenthaltsort.

In dem kleinen würfelartigen Raum, nicht größer als zwölf Quadratmeter, stand die junge Frau starr wie eine Figur aus Stein und hielt den Jungen auf ihrem Arm. Mit Tränen in den Augen, vergaß sie alles um sich herum und presste das Kind immer fester an sich. *Immer fester.*

Eine Hand umfasste den kleinen Po, die andere stützte den Rücken des dreijährigen Kindes. Schützend. Sein Köpfchen lag bequem auf ihrer linken Schulter. Erschöpft schloss der kleine Fratz seine blauen Augen und schlief ein.

Das Kind, ein Junge mit auffällig buschigen Augenbrauen, üppig wie die eines Kuscheltieres, hatte genug durchmachen müssen. Sie hoffte so sehr, dass ihr kleiner Schatz keine bleibenden Schäden, physisch wie psychisch, davontrug.

Die Anspannung war groß. So etwas tat man

keinem Kind an. Nicht in diesem Alter. Und auch später nicht, niemals. Was an diesem Tag geschah, hätte sich die junge Frau in ihren schlimmsten Alpträumen nicht ausmalen können. Was sie aber gewusst hatte, war, dass dieser Tag, der nichts Gutes verhieß, einmal kommen würde. Sie schloss die Augen und hoffte ... mehr blieb ihr nicht.

***

Die Zeit verging rasch – und der kleine Junge mit den auffälligen Augenbrauen wurde älter und zeigte mehr und mehr sein wahres Gesicht. Eigenschaften, Charakterzüge, die seine Mutter unruhig werden ließen.

Mit sieben Jahren fing er an, regelmäßig über Kopfschmerzen zu klagen; gleichzeitig brachte er eine bösartige Seite zum Vorschein, die auch seinen damaligen Kinderarzt hellhörig werden ließ. Beides trat stets zur gleichen Zeit auf, der Schmerz und sein seltsames Benehmen. Nach immer auffälliger werdenden Situationen sowie Stimmungsschwankungen, die seine Mutter in Form eines Tagebuchs schriftlich festhielt, entschloss sich der Arzt, das Kind an verschiedene Spezialisten zu überweisen. Sein Verdacht: Hirntumor.

Es war nicht leicht für sie und erst recht nicht für ihren Sohn. In den ersten Jahren verbrachte er mehr Zeit im Krankenhaus, als in seinem Kinderzimmer. Er war ein Versuchskaninchen, das man durch die neurologischen Abteilungen reichte, wie eine Chips-Tüte auf einer Party. Doch alle Untersuchungen blieben ohne echten Befund.

Als alleinerziehende und berufstätige Mutter stieß die junge Frau oft an ihre Grenzen. Hinzukam das schlechte Benehmen ihres Sohnes, der einen infamen Charakter an den Tag legte. An manchen Abenden in der Woche weinte sie sich im Wohnzimmer, alleine auf der Couch vor dem Fernseher liegend, in den Schlaf. Sie war verzweifelt, hatte Angst, war mit ihrem Latein am Ende.

Mindestens zwei Mal pro Woche musste sie Rechenschaft in der Kita und später auch in den Schulen bei Erziehern wie Lehrern für das Benehmen ihres Sohnes ablegen. Ihr Kind war ein Störenfried. Er ärgerte die Nachbarskatzen und fing im Sommer Eidechsen, denen er freudestrahlend die Schwänze abriss, die er dann Mädchen in die

Haare warf. An manchen Tagen war sie so verzweifelt, dass sie ihren Sohn im Keller einsperrte. Sie wusste sich nicht mehr anderes zu helfen. Mit Wut im Bauch, verzweifelt und gebrochen.

Nur ein bisschen Ruhe. Mehr wollte sie doch gar nicht.

Das Kind musste dann eine halbe Stunde in dem fensterlosen und dunklen Keller ausharren. Es war kalt, feucht und es roch muffig. Alte Kartons waren wahllos gestapelt. Sie waren beschriftet und schimmelten teilweise schon. Zwei alte Kinderfahrräder rosteten vor sich hin. Ratten und Schaben flitzten blitzschnell über seine gelben Plastiksandalen.

Mit einem kräftigen Schlag stieß ihn seine Mutter gegen die Schulter und in die dunkle Räumlichkeit. Als sie den Schlüssel im Schloss drehte, das Klacken vernahm, konnte sie kurz aufatmen. Ruhe. Endlich Ruhe.

>>Denk drüber nach!<<

>>Nur stumme Kinder sind gute Kinder!<<, zischte sie ihrem Sohn durch die hölzerne Tür zu.

Sie tat es ungern. Es war selten, dass sie zu

dieser Maßnahme griff – doch manchmal wusste sie sich nicht anders zu helfen. Ihr innerer Kern, einmal weich und sanft, stumpfte ab und wurde hart.

Ihr Sohn regte sich nicht. Er stand flüsternd vor der rauen, verputzten Wand. Er schaute mit leerem Blick auf das Gemäuer. Leise zählte der Junge bis einhundert und sprach mit sich selbst.

>>Irgendwann werde ich mich rächen!<<

>>Irgendwann zerschneide ich ihr dummes Gesicht.<<

>>Niemand wird mir etwas antun.<<

Punktgenau dreißig Minuten später schloss sie die Kellertür wieder auf. Nicht früher, nicht später. Es war wundervoll still. Es wurde nicht geredet. Mutter und Sohn schauten sich nicht an. Wortlos und mit hängendem Kopf ging der Junge in sein Kinderzimmer und setzte sich an seinen Schreibtisch. Sie warf ihm einen prüfenden Blick zu, das tat sie jedes Mal, und er schaute auf, warf ihr einen Handkuss zu und widmete sich wieder seinen Aufgaben.

***

Im letzten Kindergartenjahr, er war schon sechs Jahre alt und gehörte zu den Großen der Einrichtung, schlug sein Benehmen dem Fass den Boden aus. Er baute Burgen im Sand, wie andere Kinder auch. Niemand durfte mit ihm spielen. Der Junge wollte alleine sein. Nur für sich.

Es war ein sonniger Tag. Die Schönheit des Frühlings stand hoch über den Wolken. Die Kinder sprangen sorglos im Garten herum. Er saß im Sand und baute seine Burgen. Ohne Vorwarnung stand er plötzlich auf, klopfte sich den Sand von seinen kleinen, verschmutzten Knien ab und stapfte zielgerichtet los, bewaffnet mit einer Schaufel; dann schlug er einem anderen Kind aus heiterem Himmel mit der Schippe auf den Kopf. Zum Glück bestand die Spielzeugschaufel nur aus weichem Plastik.

Sofort alarmierte der Kindergarten die Mutter, die kurz darauf ihren Sohn abholte. Beschämt und wortkarg nahm sie ihr Kind entgegen und entschuldigte sich tausendmal bei dem geschlagenen Kind und dessen Eltern. Die Situation war ihr unangenehm. Sie wäre am liebsten im Erdboden versunken.

>>Wieso hast du das gemacht?<<, wütete sie.

>>Mama, der Junge hat mich ausgelacht, weil meine Sandburg eingefallen war.<<

>>Ich habe gesagt, dass er aufhören soll ...<<

>>Und das ist für dich ein Grund, jemanden mit einer Schaufel zu verprügeln?<<

>>Ja!<<, antwortete der kleine Junge grinsend.

>>Sei froh, dass nichts weiter passiert ist.<<, schimpfte sie.

Sie schaute runter zu ihrem Sohn, in seine blauen Augen.

>>Du musst dich von solchen schlechten Kindern fernhalten, verstehst du? Du brauchst keine Freunde.<<

>>Deine Burg sah bestimmt toll aus, mein Schatz. Und außerdem hast du doch noch deine Mama.<<

5 Es klingelt

Mit einem unwohlen Bauchgefühl erwachend, nicht wissend, ob man schlecht geträumt oder einfach nur eine Vorahnung hat. Es gibt diese gruseligen Erinnerungstäuschungen, auch Déjà-vu genannt, die wohl jeder Mensch kennt. Personen glauben, ein gegenwärtiges Ereignis früher schon einmal erlebt zu haben.

***

Damals.

Sie fühlt sich abgeschlagen, traurig und leer. Wie eine alte Frau, die im Park auf einer verlassenen Bank sitzt, um sie herum Stille, auf die von der Sonne angestrahlte weißgoldene Wasseroberfläche des Sees blickt, den weichen Oktoberwind an der Nasenspitze verspürt – und dem schönen Wetter *trotzdem* nichts mehr abgewinnen kann. Ein schöner Moment, um zu sterben. Sie möchte so gern sterben.

***

Es war 6 Uhr morgens, als der Wecker schellte. Die frische Morgenluft fegte ihr um die Nase, kühl und süffig, das Fenster stand weit auf, und die Sonnenstrahlen erhellten das Elternschlafzimmer. Sie atmete tief ein. >>*Was für ein schöner Morgen*<<, gähnte die junge Frau glücklich auf und blickte zu ihrer Linken hinüber, wo ihr Mann noch tief schlummerte.

Beide genossen das heutige morgendliche gemeinsame Aufstehen *sehr*. Selten war Sabine und Peter dieses gemütliche Glück gegönnt. Nicht einmal am Wochenende. Normalerweise stand das junge Pärchen versetzt auf. Sabine als Erste und später ihr Mann. Diese überschwängliche Euphorie durchströmte jedes Mal ihren ganzen Körper, wenn sie mit ihrem Mann einen dieser seltenen gemeinsamen Momente genießen konnte.

Peter arbeitet meist bis spät in die Nacht hinein, weshalb er gerne etwas länger schlief – und das klappte ganz gut - bisher. Doch nicht an diesem Morgen.

Sabine streckte tief einatmend ihre Arme aus und kitzelte die Stirn ihres Mannes mit den Fingerspitzen. Grinsend über beide Ohren, öffnete Peter langsam seine Augen und gab ihr einen dicken Schmatzer auf den Oberschenkel. Schon war er hellwach. An diesem Morgen war Peter extrem nervös. Er genoss die Streicheleinheiten seiner Frau, aber es drehte sich in seinem Kopf alles um sein neues Buch, welches gerade erschien. Peter hatte am Vormittag eine Autogrammstunde in einem Berliner Buchgeschäft – er liebte diese persönliche Fan-Nähe. Es machte ihn glücklich. Seine Bücher waren wie Kinder für ihn. Kopfkinder, geboren aus Gedanken.

Nicht sehr viel später an diesem Tag strahlte er wie ein kleines Kind. Sein neues Buch schlug ein wie eine Bombe, vielleicht war dies endlich der erhoffte Bestseller. Seine Gefühle fuhren Achterbahn. Damit hatte keiner gerechnet. Jetzt drehte sich alles um seinen aktuellen Roman, was mehr als okay für seine Familie war. Sie waren stolz auf ihn.

>>*Komm, mein Schatz, heute ist dein großer Tag!*<<, streichelte Sabine ihren Mann über die bartstoppeligen Wangen.

In der Küche nahm sie einen großen Schluck kühlen Wassers aus der Flasche. Sie hatte den Verschluss leicht geöffnet, damit die Kohlensäure entweichen konnte, und die Flasche den Abend zuvor auf die Küchenzeile gestellt. Peter hatte versehentlich Sprudelwasser gekauft. Das mochte Sabine nicht. Sie bekam davon immer einen Blähbauch. Allgemein war ihre Ernährung recht kompliziert. Vor einem Jahr vermutete ihr Hausarzt einen Reizdarm bei Sabine. Sie reagierte auf Stress und einige Lebensmittel alles andere als angenehm. Seit Monaten ernährte sich Sabine nun gluten- und laktosefrei.

Noch einen weiteren Schluck. Nicht, weil sie durstig war. Nein! Diese nervige Spielfolge durchlief die junge Mutter Tag für Tag. Früh am Morgen, gleich nach dem Aufstehen, musste sie die Schilddrüsentablette einnehmen. Es war ätzend, da sie jeden Tag mit einem gesunden Hunger aufwachte und dennoch nicht, wie andere, sofort etwas essen konnte. Eine dämliche Prozedur.

Verärgert die Tablette geschluckt und schon begann ihre morgendliche Routine, die sie so liebte. Kinder wecken, Frühstückstisch decken, Schulbrote fertig machen. Tag für Tag. Tagein, tagaus.

Als Erstes schaltete sie das Küchenradio an. Sie brauchte am Morgen ihre Musik. Ohne ging es nicht. Sabine bereitete das Frühstück für alle vor und machte nebenbei die Brotbüchsen der Kinder fertig. An manchen Tagen überraschte sie ihre Kinder mit kleinen Schnittchen, die sie zu Gesichtern aus Wurst, Käse und Gemüse zauberte. Das fanden die Zwerge besonders lustig.

Als sie mit allem fertig war, die Brotbüchsen in den Kühlschrank gestellt hatte, schaltete sie die Kaffeemaschine ein und tanzte pfeifend zu den Kinderzimmern. Die Kinderzimmer lagen sich gegenüber. Der Flur war schmal. Sabine konnte mit ausgestreckten Armen beide Türen gleichzeitig öffnen.

Klopf … klopf …

>>*Aufstehen, kleine Prinzessin.*<<

Klopf … klopf …

>>*Steh auf, mein Süßer.*<<

Josie öffnete ihre kleinen runden Knopfaugen und lächelte ihre Mama frech an. >>*Guten Morgen, Mutsch!*<< Micha hingegen war ein Brummbär. Er mochte nie gern aufstehen. Er knurrte in sein Kissen. >>*Lass mich …*<< Gut gelaunt klopfte Sabine noch einmal an Michas Tür. Josie sprang aus dem Bett und tanzte durch ihr rosafarbenes Kinderzimmer. Wie ein kleiner Wirbelwind.

Michas kleine Schwester war schon angezogen. Sie wollte nur einen geschälten Apfel mit in den Kindergarten nehmen. Die Kita war voller Leckereien, wie sie sagte. *>>Da brauche ich euer Essen nicht, Mami.<<* Gekonnt die Brotbüchse im Kühlschrank ignoriert. Ihr Bruder lag immer noch in den Federn. Er war faul. Das Frühstück war ihm egal - noch. Er war ein Allesfresser. Micha war der einzige Schüler in seiner Klasse, der zwei Brotbüchsen mitbekam. Er fraß seiner Familie die Haare vom Kopf. Wann, das war ihm wurst. Wichtig war ihm nur, dass es Essen gab, viel Essen. Als Sportler musste das auch sein, betonte Sabine ausdrücklich. Micha spielte Fußball und brauchte viel Energie, er verbrannte sie schließlich auch. Und dann diese ständigen Wachstumsschübe.

***

Von seiner Frau und den warmen Sonnenstrahlen wachgekitzelt, fröhlich ins Bad gelaufen, sprang Peter nun pfeifend aus der Dusche heraus, trocknete sich ab und kam, mit dem weichen Handtuch um die Taille gewickelt, in die Küche, tätschelte seiner Tochter den Kopf und drückte seiner Frau einen dicken Schmatzer auf.

>>Nanu, hier ist aber jemand gut gelaunt!<<, erwiderte Sabine den Kuss und stellte das Nutella-Glas auf den Tisch.

>>Ja, Baby, was soll ich sagen, ich liebe meinen Job!<<, strahlte Peter sie an und biss herzhaft in das frisch aufgebackene Brötchen.

>>Willst du dich nicht erst einmal anziehen?<<

Überall flogen die Krümel herum. Wie Pistolenkugeln im Wilden Westen. Hätte die Familie einen Hund gehabt, würde der wie ein Staubsauger mit seiner feuchten Nase über den Küchenboden schmieren. Jedoch gehörte eine Katze zur Familie. Die war aber schon alt – und langweilige Brötchenkrümel interessierten das Tier nicht.

Selten regte sie sich über das Schlachtfeld auf, welches ihre Kinder und ihr Mann zusammen nach jeder Mahlzeit hinterließen. Doch manchmal musste sie auch ein Machtwort sprechen. Ihre Liebsten aßen, als gäbe es kein Morgen. Krümel hier, Saft und Kaffeeflecken da. Die junge Frau saß meistens schmunzelnd auf einem Stuhl, ließ sich ihr Marmeladenbrötchen schmecken und schaute sich das Spektakel lachend an.

***

Solche Momente waren Gold wert. Es war eine schwierige Zeit. Der Älteste war etwas angespannt. Seit ein paar Monaten erzählte Micha seinen Eltern, dass er nachts an der Wohnungstür einen gespenstischen Schatten in Form eines Mannes sah. Eine gruselige Kontur. Der Junge hatte panische Angst. Manchmal weckte er dann seine Eltern. Er holte sie mindestens zwei Mal in der Woche aus dem Schlaf.

Sabine war verunsichert, weil ihr Sohn von jemandem sprach, der sich in ihrer Wohnung aufhielt, ohne dass sie es wussten, es machte ihr Angst – aber Peter schmunzelte nur müde darüber. Ihr Mann hielt das alles für wilde

Träumerei. Für einen Autor, der die tollsten Fantasien zu Papier brachte, war das wohl kein Wunder. Sabine jedoch mochte die Schauermärchen über den gruseligen Schatten nicht hören. Wichtig war ihr zudem, dass Micha seiner jüngeren Schwester keine Horrorgeschichten über irgendwelche Wesen und Schattengestalten erzählte. Josie glaubte, was man ihr erzählte, kein Wunder in diesem Alter.

Dieser Wunsch blieb jedoch unerfüllt. Zu Michas Pech lud man seine Eltern zu einem dringlichen Gespräch in die Schule ein. Die Direktorin persönlich zitierte die Eltern mit einem straffen Brief in ihr Büro. Micha hatte ein verstörendes Bild im Kunstunterricht gezeichnet, welches seine Lehrerin einzog und der Direktorin vorlegte.

>>Hallo, Familie Perke!<<, begrüßte die Direktorin die verunsicherten Eltern.

>>Mein Name ist Frau Schneider, und ich möchte Sie gar nicht lange auf die Folter spannen und Ihnen gleich mitteilen, weshalb ich Sie zu diesem Gespräch eingeladen habe.<<

>>Haben Sie sich in letzter Zeit mit Micha unterhalten?<<

»Natürlich!«, antworte Sabine streng.

»Wir wissen worum es geht ...«, sagte Peter höflich.

»Dann muss ich ja gar nicht weiter ins Detail gehen«, antwortete die Direktorin und legte den beiden ein Bild auf den Tisch.

»Das hat ihr Sohn am Montag gemalt!«

Auf der Zeichnung war ein angsteinflößender schwarzer Mann mit rot funkelnden Augen zu sehen, der nach einem Jungen griff und ihn augenscheinlich umbringen wollte. Micha hatte außerdem einen kleinen Jungen gemalt, der sich an sein Geschlecht fasste. Die Eltern erröteten und fuhren später wortlos grübelnd nach Hause.

Seinen Klassenkameraden berichtete ihr Sohn natürlich auch von dieser nächtlichen Erscheinung, was von den Kindern zu Hause weitergetragen und von deren Eltern der Familie zum Vorwurf der SCHLECHTEN ERZIEHUNG gemacht worden war.

»Peter, kannst du nicht noch einmal mit Micha reden?«, forderte sie ihren Mann hilfesuchend auf.

Lächelnd schaute er sie an, nahm Sabines

Gesicht in seine Hände und sagte leise zu ihr: >>*Ich denke, du übertreibst ein wenig!*<<

>>*... wenn du es aber wünschst, gerne, meine Schöne ...*<<

>>*Danke, Peter, mir ist das Ganze nicht geheuer, und die anderen Eltern fangen schon an, über uns zu reden.*<<

>>*Na und! Lass die Leute reden, wir sind, wir und das ist gut so*<<, warf Peter ein und ging zu Micha ins Kinderzimmer.

6 Ein Anruf

Die Worte durchströmten seinen Körper wie die nadelförmigen Projektile einer Elektroschockpistole, die sich fest in das Fleisch seiner Brust bohrten. Ein stechender Schmerz. Bewusstlosigkeit. Der Beamte weigerte sich.

Zwei Monate saß Steiner schon auf der Couch von Frau Diplom-Psychologin Sandra Eichhorn und ließ jede Art von Heilungen über sich ergehen. *Zeitverschwendung.* Über sechzig Tage. Für Steiner war sie eine Quacksalberin. Sein Vorgesetzter bestand auf Steiners Besuch bei der Psychologin. Fünf Jahre kannten sein Chef und die Quacksalberin sich schon. Er schwärmte vor Steiner von ihr. Sie arbeitete eng mit der Polizei zusammen – das ließ Steiner völlig kalt. Er hatte einfach keinen Bock auf ihr blödes Geschwafel und hielt das Ganze für Zeitverschwendung.

>>Herr Steiner, wie geht es Ihnen heute?<<, wollte die Psychologin wissen.

Sie saß auf ihrem schwarzen Lederstuhl, die

Beine übergeschlagen, und drückte ihren rechten Fuß auf den bunten Teppich. Sie trug ein verführerisches Kleid in Grün. Gleich zu Beginn zückte die Psychologin ihr kleines braunes Büchlein und strich verschiedene Stichpunkte an, die sie sich notiert hatte.

>>*Wie soll es mir gehen?*<<, antwortete Steiner genervt und wälzte sich auf der harten Couch mal nach links und mal nach rechts. Wie unbequem.

>>*Öffnen Sie sich, Herr Steiner! Niemand will Ihnen etwas Böses*<<, lächelte sie den Beamten an.

>>*Öffnen ... Ich soll mich öffnen ...?*<<, fragte Steiner in einem schroffen Ton.

>>*Gut! Fangen wir mal an!*<<

>>*Die letzten zwei Wochen waren wechselhaft für mich. Ich weiß nicht, wie es Ihnen ging, aber ich konnte kaum schlafen.*<<

>>*Ich nahm einen Mann fest, ein widerwärtiges Schwein, das seine Frau und die gemeinsamen beiden Töchter, nicht älter als sechs und elf Jahre, regelmäßig verprügelte ...*<<

>>*Ich schlug wieder und wieder auf den*

Bastard ein. Selbst als er schon halb tot war. Ich spürte meine Fäuste nicht mehr. Ich wollte ihn töten. Und wissen Sie was; seither verspüre ich eine innerliche Wut. Wie Krebsgeschwür.<<

>>Soll ich fortfahren, Frau Eichhorn?<<

Äußerlich gefasst nickte sie Steiner zu.

>>Gut!<<

>>Eine Frau wurde an einer Bushaltestelle, Nähe Franckeplatz, tot aufgefunden. Auf den Gehwegplatten waren ihre Fingerspuren zu sehen. Sie kratzte so lange, bis die Nägel brachen und ihre Fingerkuppen zu bluten begannen. Sie muss sich heftig gewehrt haben. Die Frau hatte ein blaues Auge, und ihr weißes Nachthemd, ein durch die zahlreichen tiefen Schnittwunden, die ihren Thorax zierten, dunkelrotes, blutverschmiertes Kleidungsstück, verriet mir, dass sie qualvoll gestorben war. Man hatte die junge Frau mit massiver Gewalteinwirkung vergewaltigt. Vielleicht hatte sie sich die Verletzungen aber auch selber zugezogen, mit der Faust oder einem stacheligen, dicken Gegenstand ...<<, warf Steiner ihr einen sarkastischen Blick rüber.

>>Und vorgestern, jetzt wird es spannend, da fand man einen Säugling auf einem Rasthof, verlassen, im Kinderwagen liegend. Ich wollte ihn retten, machte Mund- zu Mundbeatmung, der Kleine war aber schon tot. Leblos und kalt. Ich habe es versucht, wissen Sie, aber es war wohl schon viel zu spät.<<

>>Sonst noch was ...?<<, fragte Frau Eichhorn.

Die Psychologin schaute Steiner in die Augen. Sie kitzelte jedes Wort aus dem Beamten heraus. Sie wusste genau, wo ihn der Schuh drückte. Die letzten zwei Wochen waren schlimm, aber nicht der Auslöser für Steiners Verschlossenheit.

Rückblende

Sein letztes Opfer hatte ihm nie mehr bedeutet als die letzte Zigarette. Steiner konnte beweisen, dass der Typ log, doch er spuckte nichts aus. Der kleine, dünne Mann, ungepflegt und etwas zurückgeblieben, konnte reden wie ein Wasserfall, er umschrieb und verschönerte seine Geschichten. Über die Morde verlor er jedoch nur wenige Worte.

Wenn man ihn ganz gezielt danach fragte.

Es war eine klare Winternacht. Drei Tage vor Weihnachten, und Steiner gefiel der Gedanke überhaupt nicht, dass der Mörder auf freiem Fuß war. Er hatte einer älteren Frau einfach ein Messer in die Brust gerammt, und dann hatte er Sex mit der mittlerweile Toten.

Er stellte sich am Heiligen Abend. Auf einer von ihm selbst angefertigten Skizze zeigte der unscheinbare Mann den Polizisten die Stellen, wo er ein weiteres Opfer begraben hatte. Ein Feld an der B100 Richtung Brehna. An einem großen Stein fand man ihren abgetrennten Kopf, weiter hinten, in der Mitte des Feldes, die Beine und beide Arme.

>>Wieso haben sie die ältere Dame getötet?<<, fragte Steiner.

>>Ich weiß es nicht genau!<<, antwortete er freundlich und lächelte Steiner höflich an.

Ein wirklich ungepflegter Mann, der wenige Zähne im Mund hatte, einige davon waren vergammelt, abgebrochene Stummel. Sein äußerliches Erscheinungsbild war traurig. Er qualmte eine Zigarette nach der anderen.

Vielleicht ein netter Mensch mit zwei Gesichtern, der nur Schlechtes erfahren hatte, waren Steiners Gedanken.

>>*Sie wissen nicht mehr, warum?*<<

>>*Ja, irgendwie, nein. Ich habe ihr die Unterhose ausgezogen und dann habe ich sie gefickt.*<<

>>*Nachdem Sie das Mütterchen getötet haben?*<<

>>*Ja, Herr Steiner. Das ist Teil meines Lebens geworden, Sex mit Toten zu haben!*<<, sagte er und zog kräftig an der glühenden Kippe.

>>*Was ist dann passiert?*<<, wollte Steiner wissen.

>>*Dann habe ich die Frau in Stücke zerschnitten und auf dem Feld verteilt. Das Messer war ein altes Schlachtermesser mit einer langen, scharfen Klinge.*<<

Er hasste Frauen. Wenn er tötete, wurde er kalt. Etwas starb dann in ihm. Bei der ärztlichen Untersuchung fand man heraus, dass sein Stirnlappen geschädigt war. Auf dem Röntgenbild sah man zwei weiße Punkte im vorderen Bereich des Gehirns. Er musste im

Alter zwischen zehn und fünfzehn Jahren einen Unfall gehabt haben, der nicht weiter ärztlich untersucht worden war, dies vermutete der Oberarzt. Die Bestätigung ließ auch nicht lange auf sich warten. Man teilte den Beamten mit, dass seine Mutter ihn, als er elf Jahre alt gewesen war, mit einem Hammer den Schädel eingeschlagen hatte, weil er ihr Schäferstündchen mit dem Nachbarn gestört hatte.

***

Die Albträume verschwanden nicht. Sie übernahmen immer mehr Kontrolle über ihn. An manchen Tagen wünschte sich Steiner, er wäre gestorben und nicht der kleine Robin. Die Fälle, die er nicht mit einem positiven Ende abschließen konnte, suchten ihn heim. Schuldgefühle plagten den Polizisten. Er würde so gerne die Zeit zurückspulen, den Jungen retten. Robin verfolgte den Beamten. Sehr schlimm war es, als er die Einladung zur Beerdigung in seinem Briefkasten fand.

Dem Kleinen die letzte Ehre zu erweisen, das war nicht die Frage, auch wenn man ihm bei der Gelegenheit sein Versagen vor die Nase halten würde. Doch Robin war ein manifestierter Teil seiner Alpträume geworden.

Auf der Beerdigung herrschte traurige Schweigsamkeit. Vierzig Angehörige, Familienmitglieder und Freunde der Familie, waren anwesend. Leichter Nieselregen. Steiner wagte nicht, den Eltern in die Augen zu schauen. Er setzte seine Sonnenbrille nicht ab, auch wenn es ihm unangenehm war, nahezu unhöflich vorkam. Er wollte diesen Schutz nicht aufgeben. Vor ihm ein kleiner BVB-Kindersarg. Gänsehaut überzog seinen Körper. Steiner verkniff sich hartnäckig die Tränen.

Robins Familie machte dem Beamten keine Vorwürfe. Sie waren froh darüber gewesen, einen so guten Menschen kennengelernt zu haben. Robins Eltern nahmen Steiner sehr herzlich auf und bedankten sich bei dem Beamten für seine Arbeit.

***

Ihm war mulmig zumute. Es war noch gar nicht so lange her, da hatte er den kleinen

Robin zwischen den Müllsäcken liegen sehen. Er bekam das Gesicht des geschändeten Jungen einfach nicht aus seinem Kopf. Der schlimmste Fall in seiner gesamten Laufbahn. Noch dazu waren mittlerweile sechs weitere Kinder im Alter zwischen fünf und zwölf Jahren als vermisst gemeldet. Vier der spurlos verschwundenen Kinder kamen aus Halle und zwei aus dem Saalekreis, aus der Kleinstadt Landsberg. Die Zeit spielte gegen ihn, verhöhnte ihn. Er kam keinen Schritt weiter. Steiner betete mittlerweile schon zu Gott, aber der hatte augenscheinlich auch kein Ohr für ihn.

Er hasste seinen Job an solchen Tagen, wünschte sich, er hätte einen anderen beruflichen Weg eingeschlagen. Es häuften sich Kindesmissbrauch und Kindesentführung. Steiner begriff nicht, warum erwachsene Menschen ihren Disput und ihre Abartigkeiten auf den Rücken unschuldiger Kinder abladen mussten.

Im Fall Robin jedoch war es natürlich anders.

Warum gerade der kleine Robin? Wie besessen drehten sich seine Gedanken wieder und wieder um den Jungen.

Das Telefon klingelte ...

>>Hallo! Hier spricht Frau Weber, aus dem Kindergarten Wunderland.<<

>>Spreche ich mit der Polizei?<<

>>Hallo, Frau Weber, Steiner mein Name.<<

>>Beruhigen Sie sich.<<

>>Worum geht es?<<

>>Herr Steiner, wie soll ich mich beruhigen? Können Sie oder ein Kollege schnell bei uns vorbeikommen? Es wird ein 4-jähriges Kind aus unserer Einrichtung vermisst.<<

>>Vermisst? Seit wann?<<, erschrak Steiner.

>>Ja!<<

>>Seit einer halben Stunde. Kommen Sie bitte schnell vorbei, ich erreiche die Eltern nicht!<<

Noch ein Kind würde er nicht verlieren. Die ersten vierundzwanzig Stunden waren immer ausschlaggebend bei verschwunden Kindern.

Hier spitzte sich die Lage jedoch dramatisch zu, da Steiner von einer Entführung ausgehen musste. Wenn das Kind sich nicht irgendwo in der Kita versteckt hatte, oder vielleicht mit jemandem mitgegangen war, der sein Kind abgeholt hatte ... – zu viele Spekulationen, er musste vor Ort recherchieren.

Jedes Jahr wurden in Deutschland über 100.000 Kinder als vermisst gemeldet. Achtundneunzig Prozent von ihnen tauchten nach wenigen Stunden wohlbehalten wieder auf. Ein sehr kleiner Teil blieb jedoch verschwunden, und genau dieser Prozentsatz spornte ihn an, aus den achtundneunzig volle einhundert Prozent Wiedergefundene zu machen.

***

Augenblicklich setzte sich Steiner in sein Auto und fuhr, ohne weitere Zeit zu verschwenden, zum Kindergarten. Während der Fahrt zündete er sich eine Kippe an. Den Geschmack von Nikotin brauchte er gerade ganz dringend.

Er atmete tief durch die Nase ein und durch

den Mund wieder aus. Diese Übungen machte er vier Mal hintereinander. Sein Arzt hatte ihm diesen hilfreichen Tipp gegeben, da Steiner an manchen Tagen in eine Art Panik verfiel. Ein Bulle und Panik – oh ja, er war auch nur ein Mensch.

Engegefühl im Hals breitete sich aus. Wie ein glitschiger Wurm. Als würde sich etwas Schweres auf seinen Brustkorb setzen und ihm die Luft abschnüren.

Sein Herz schlug seltsam, der Puls raste. Er konnte keinen klaren Gedanken fassen. Um ihn herum verschwamm alles. Was für ein ekelhaftes Gefühl. Es gab Momente, wo er dachte, die alte Pumpe würde explodieren.

***

Vor der Kita waren vier seiner Kollegen zugange. Behutsam und diskret, aber dennoch auffällig genug. Das bedruckte Absperrband flatterte im warmen Sommerwind. Bedrohliche Stille. Alle Kinder der Einrichtung befanden sich in einem separaten Raum, wo sie von ihren Eltern nach und nach abgeholt wurden. Die Kitaeinrichtung versuchte, so feinfühlig wie möglich vorzugehen.

Eine Frau, nicht größer als einen Meter sechzig, mit normaler Figur und schulterlangem Haar, fuchtelte wild gestikulierend mit ihren langen roten Fingernägeln in die Richtung des Beamten.

>>*Das muss dann wohl die Weber sein.*<<

Ihr Straßenköter-blondes Haar harmonierte absolut nicht mit dem weinroten Lippenstift, den sie sich unübersehbar geradewegs frisch auftrug. *Etwas nuttig.* Sie wirkte billig und fehl am Platz. So stellte sich der Beamte wahrhaftig keine Erzieherin vor.

Frau Weber trug eine weiße Bluse, leicht aufgeknöpft, dazu einen roten, knielangen Rock. >>*Die perfekten Klamotten für diesen Job.*<<, lästerte Steiner frech. Vielleicht genoss sie aber einfach nur die Blicke der Väter, die ihre Sprösslinge abholen kamen und ihr beim Spielzeugaufheben – schön bücken, auf den Arsch glotzten. Sie schien eine verzweifelte Schachtel zu sein. Und sie benahm sich gerade furchtbar. Peinlich und anstrengend. Er war von ihrer schrillen Stimme überrascht, obwohl die zum Rest passte.

>>*Huhu ...*<<

>>Huhu, sind Sie Herr Steiner?<<, rief sie zu dem Beamten rüber und winkte wie ein kleines Schulkind, das im Bus auf dem Weg zur Klassenfahrt noch einmal den Eltern ein Lebewohl zuwedelte.

Genervt erwiderte Steiner ihre Frage mit einem deutlichen Nicken. Er rollte innerlich mit den Augen. Doch um sie ging es ihm nicht. Ein Mädchen brauchte seine Hilfe. Deswegen war er hier.

>>Hallo! Ja, der bin ich<<, antwortete der Beamte freundlich übertrieben.

Sie lächelte. Frau Weber führte ihn an den Ort, wo das kleine Mädchen das letzte Mal gesehen worden war. Sie war anhänglich und unterschritt eine ihm wichtige körperliche Distanz. Ständig henkelte sie sich bei ihm ein, suchte viel zu viel Kontakt.

Beim Laufen erklärte sie dem Beamten den bisherigen Tagesablauf von der Öffnung der Kindertagesstätte bis zum Moment des Verschwindens des kleinen Mädchens. Sie tätschelte öfter seinen Arm und suchte wieder und wieder seinen Blick. Einen verbindlichen, anzüglichen Augenkontakt.

Das kleine Mädchen spielte in einem dieser

Spielhäuser zum Anmalen. Die Kita besaß zwei davon. Die Häuser waren Geschenke für die Einrichtung gewesen. Zwei wohlhabendere Elternpärchen, die einmal im Jahr eine finanzielle Spritze verteilten, hatten dem Kindergarten zwei davon geschenkt.

Aufgebaut waren sie 120 x 80 x 110 Zentimeter groß. Die Spielhütten waren aus Wellpappe. Was ihm gleich missfiel, war der Standort des einen Papphauses. Es stand viel zu nah am Zaun.

>>*Wie kann ein Kind denn bitte zwischen Sträuchern direkt am Zaun spielen?*<<, wollte er wissen und machte sich Notizen.

>>*Warum nicht ...*<<, lächelte Frau Weber ihn an.

>>*Wenn zwei oder drei Kollegen von Ihnen hier im Garten stehen und auf die vielen Kinder achten, wer schaut regelmäßig hierher?*<<

>>*Also, Herr Steiner, unterstellen Sie mir, dass wir im Wunderland unsere Aufsichtspflicht verletzen?*<<

>>*Ich unterstelle hier gar nix ...*<<

>>*Ich stelle fest!*<<

>>Das verbitte ich mir<<, fauchte sie den Beamten an.

>>Sie müssen nicht garstig werden. Sie lassen mich hier bitte meinen Job machen. Ist das klar?<<, knurrte er zurück.

>>Hier geht es nicht um einen Einbruch oder um Sachbeschädigung. Es handelt sich um eine eventuelle Kindesentführung!<<

***

Das Verlangen nach einer Zigarette war intensiv. Die Alte ging ihm auf den Zeiger. *Wie kann man so eingebildet daherreden, wenn ein Kind verschwunden ist?* Ein Kind, auf das sie aufpassen sollte. Am liebsten hätte Steiner ihr vor die Füße gespuckt.

Eine kompetentere Kollegin trat hinzu und die Weber trabte davon, endlich ein angenehmer Gesprächspartner, sie zeigte dem Beamten ein Foto von dem vermissten Mädchen. Sie hielt nicht viel von Frau Weber. Daraus machte sie auch kein Geheimnis.

>>Na, hat sich die Webern Ihnen an den Hals geschmissen?<<

Bedacht schaute er sich das Foto an. Ein Passbild.

Niedlich war die Kleine mit ihren beiden Zöpfen. Sie erinnerte ihn ein wenig an seine eigene Tochter, zu der er ein recht angespanntes Verhältnis pflegte. Ausgeprägt waren die vielen Sommersprossen um ihre Nase herum und die braunen, wachen Augen. >>*Ein süßes Mädchen!*<<

Als das Kind verschwand, trug es ein rotes Minnie-Maus-Kleid und rosafarbene Ballerinas. >>*Es war ihr Lieblingskleid*<<, sagte die junge Erzieherin zu Steiner.

Steiner schaute sich um. An den oberen Zaunspitzen entdeckte er rote Faserspuren. Das kleine, wohl aus dem Kleidchen herausgerissene Stück Stoff hatte sich vielleicht hier verfangen, als der Täter das Mädchen über den Zaun gehoben hatte.

>>*Der Zaun ist 1,40 m hoch und die Kleine war bestimmt kein Gerd Wessing*<<, sabbelte Steiner vor sich hin.

Die Uhr tickte.

Er war auf dem Weg zu den Eltern des vermissten Kindes. Vielleicht war das Ganze nur ein Missverständnis. Und sie saßen alle zusammen gemütlich auf dem Sofa. Steiner hoffte...

7 Aufgeregt

>>Bine, mein Schatz ...<<

>>Ja!<<

>>Wo ist mein Rasierer?<<

Gott, war ich aufgeregt. Mein Agent Steve Birnbaum hatte es mal wieder geschafft. Mein neues Buch "*Papa schafft das schon!*" war ein Kassenschlager. Ich war glücklich, explodierte innerlich vor Freude.

Ich stand vor dem beschlagenen Badezimmerspiegel und hatte keine Lust, mich zu rasieren. Ich stützte mich mit beiden Armen am Waschbecken ab und schnaufte aus. *Jeden zweiten, dritten Tag.* Ich hasste das so sehr. Am liebsten hätte ich so einen leichten Bartwuchs wie mein jüngerer Bruder. Er muss sich zweimal im Jahr rasieren, wenn es hoch kommt.

Sabine und die Kleine fanden mich mit Bart komisch. Ich würde wie ein Penner aussehen, sagte meine Tochter ständig zu mir. Ich glaube nicht, dass sie wusste, was ein Penner ist. Bestimmt hatte Josie dieses Wort von ihrem großen Bruder aufgeschnappt. Micha war es egal, wie ich aussah. Er kam langsam in die Pubertät, und egal, wie ich herumlief, ich war ihm sowieso einfach nur peinlich.

Es gab aber auch schöne Vater-Sohn-Momente. Dass ich Bücher schrieb, fand mein Sohn cool. Micha war stolz auf mich und fand meinen Beruf interessant. Im Deutschunterricht stellte er sogar eins meiner Bücher vor. Ab und an prahlte er auf dem Schulhof mit seinem Schriftsteller-Vater.

Einige seiner Mitschüler, teilweise aus den höheren Klassen, lasen meine Bücher und klopften Micha auf die Schulter. >>*Coolen Papa hast du ...*<< Es gibt aber auch nicht so schöne Momente. Momente, wo mein Sohn von den nächtlichen Ereignissen überrumpelt worden war. Er fragte mich dann immer schaurige Dinge.

>>*Gibt es Geister oder Monster unter dem Bett?*<<

>>*Kann man bei uns einfach so einbrechen?*<<

>>*Gibt es Kinderfresser?*<<

Am Anfang fand ich diese Fragerei amüsant, und ich versuchte, meinem Sohn auf alle Fragen eine Antwort zu geben, so gut es ging, woher diese Fantasiegestalten stammten. Doch schnell verlor er sich in den Gespenstergeschichten – und ich machte mir langsam Sorgen.

So gut ich konnte, versuchte ich, zusammen mit meiner Frau, dem Ganzen entgegenzulenken. Wir waren bei diesem sensiblen Thema recht vorsichtig. Auch ich konnte ein Liedchen von seltsamen Vorgängen singen, weshalb ich Micha nun doch ernster nahm. Man vergisst viel aus seiner Jugend und verliert das Kind in sich.

***

Erlebt

Mit fünfzehn Jahren machte ich in meinem Elternhaus eine unheimliche Begegnung mit dem unbekannten Bösen. Es war ein heißer Sommerabend, und ich verbrachte die Zeit auf dem Dachboden. Das war mein zweites Zimmer. Der Dachboden war sehr klein. Ich konnte nur gekrümmt laufen, doch er war mein Rückzugsort. Lange hielt ich es da oben allerdings nicht aus. Die Wärme stand unter den Balken, obwohl der Dachstuhl sehr gut isoliert war. Es glühte quasi immer noch unterm Gebälk.

Ich beschloss, wieder hinunter in mein Zimmer zu gehen. Unten war es deutlich angenehmer. Warm, aber nicht so schlimm wie auf dem Dachboden. Mittlerweile war die Nacht hereingebrochen.

Ich lag in meinem Bett, eigentlich war es eher eine Schlafcouch, in meinem Jugendzimmer. Ein durchgelegenes Sofa. Ich mochte es. Es stand noch lange nach meinem Auszug in meinem alten Zimmer und hoffte auf gelegentliche Besuche.

Seit einigen Jahren fühlte ich mich unwohl in meinem Zimmer. Gegenstände wurden verrückt, zumindest dachte ich, sie hätten zuvor an einem anderen Platz gestanden. Ich hörte Geräusche und fühlte mich ständig beobachtet. Nicht einmal die Hunde gingen freiwillig in mein Zimmer. Sie saßen oft vor meiner Tür und knurrten sie an. Ich hatte einen alten Deckenfluter neben meinem Schreibtisch stehen, auf dem ich meine ersten Manuskripte schrieb. Die Lampe konnten die Hunde auch nicht leiden.

An dem einen Abend, es war schon spät, knurrte einer unserer Hunde mal wieder laut meine Zimmertür an. Ihm stand der Kamm. Seine Nackenhaare sträubten sich zu Berge. Ich ging hoch, um nachzusehen, schob den Hund beiseite, schloss die Türe zu meinem Zimmer auf und das Licht schaltete sich auf einmal von alleine ein. Der Deckenfluter strahlte hell.

Im selben Atemzug schrie ich um Hilfe. Max, unser Schäferhund, zog den Schwanz ein und legte sich sofort auf den Boden. Meine Eltern kamen hochgerannt.

>>Mama, Papa, ihr werdet es mir nicht glauben ...<<

>>Was ist?<<, fragte mein Vater in straffer Tonlage.

>>Max bellte. Ich öffnete die Tür, und die Lampe ging an.<<

Meine Mama nahm mich in den Arm und hielt mich fest. Mein Vater schaute mich fragend an. Er ging prüfend durch mein Zimmer, sah sich um, zog an jedem Elektrokabel, kam wieder raus und sagte: *>>Schau dir weniger von diesen komischen Gruselfilmen an, mein Junge!<<*

Er war halt so. Was er nicht sah, das existierte auch nicht für ihn.

An diesem Abend schlief mein Vater unten im Wohnzimmer auf der Couch ein. Nach der Gassi-Runde trennte er die beiden Schäferhunde voneinander. Der eine Hund bekam das Wohnzimmer zugeteilt, der andere den großen Flur, das Körbchen stand unter der Treppe.

Gegen vierundzwanzig Uhr wachte ich ruckartig auf. Schweißgebadet lag ich in meinem Bett und hörte hinter mir im Zimmer undeutliche Flüstergeräusche. Leises Tuscheln. Ich dachte sofort an eine Schlafparalyse. Ich konnte mich jedoch vorerst bewegen. Aber dann, meine Glieder froren ein.

In meinem Zimmer war es stockdunkel. Meine Mutter hatte die Jalousie heruntergelassen, während ich schlief. Ich traute mich nicht, zu atmen. Meine Brust schnürte sich zu. Ich zog die Bettdecke über mein Gesicht, geradeso war mir das noch möglich. Mein Herz pochte und ich hielt die Luft an.

Die Geräusche kamen näher. Das Flüstern war nun direkt hinter mir. Als würden sich zwei oder mehrere Personen murmelnd unterhalten. Ich verkrampfte. Und auf einmal, aus dem Nichts, ertönte ein Knirschen. An einigen Stellen machte der Parkettboden dieses Geräusch, doch dazu musste jemand über den Boden laufen. Und ich war doch alleine in meinem Zimmer.

Mit der puren Angst im Nacken, biss ich in meine Decke. *>>Bitte, hör auf ...<<* Ich wollte, dass es zu Ende war. Ich hielt mir die Augen zu und linste durch die Finger.

Ich aß mein Brötchen, trank meinen Tee und genoss die Zeit mit meinen Lieben. Die Küche sah schlimm aus, aber das war nichts Neues. Die Kinder waren so gut wie fertig und auf dem Sprung. *>>Ey, ich muss mir noch eine Hose anziehen! Oder soll ich euch so in den Kindergarten und die Schule bringen?<<*

Lachen hallte durch den Flur.

8 Tschüss, meine Kleine

Lieblich.

Peter und die Kinder verabschiedeten sich wie jeden Morgen mit Millionen Küsschen, die sie in mein Gesicht schmatzten. Ich liebte diese Herzlichkeit. Mein Mutterherz sprang jedes Mal im Dreieck. Ich bestand auf diese Gesten. Eine schöne Verabschiedung tut gut, ist gut – und sollte nicht eingefordert werden müssen. Niemand weiß, wie der morgige Tag aussieht. Im schlimmsten Fall sollten die letzten Worte von Herzen kommen und nicht banaler Müll sein.

Meine Eltern waren meine Vorbilder. Sie lebten mir diese Menschlichkeit vor. Mein Vater verabschiedete sich jeden Tag von meiner Mutter mit den Worten: *Ich liebe Dich, du meine sonnige Schönheit.* Nur nicht an dem Tag, wo uns der Boden unter den Füßen weggerissen worden war. Mein Vater fuhr nur mal schnell zur Kaufhalle, um noch einige Besorgungen für den Grill-Nachmittag zu erledigen, als ich plötzlich einen hektischen Anruf von meiner Mutter erhielt.

>>Sabine? Irgendwas ist mit Papa ...<<, stotterte meine Mutter in das Telefon.

>>Wie? Was soll mit Papa sein?<<, wollte ich von meiner Mutter wissen.

>>Im Radio haben sie von einem tödlichen Verkehrsunfall an der Magistrale gesprochen. Mein Bauchgefühl sagt mir nichts Gutes<<, weinte sie bitterlich.

>>Mutti, beruhig dich. Es wird alles gut. Nichts ist mit Papa.<<

Ich setzte mich sofort in mein Auto und fuhr zu meiner Mutter. Das konnte doch alles nicht wahr sein. Im Radio hörte ich die Meldung, die meiner Mutter das Blut in den Adern hatte gefrieren lassen.

Tödlicher Autounfall auf der Magistrale. Ein völlig zerstörtes Fahrzeug liegt auf dem Dach. Ein Haufen Schrott. Fahrzeugtyp ist nicht zu erkennen. Rettungskräfte sind vor Ort und versuchen, eine leblose Person aus dem Unfallfahrzeug herauszuschneiden.

Man sah solche Nachrichten nur im Fernsehen oder las die Unfallmeldungen in den Zeitungen oder hörte sie im Radio. Das passiert halt, aber immer nur anderen. Dieses Denken hatte ich. Bis zu jenem Tag. Ein Tag, der mir meinen Vater und zugleich meinen besten Freund nahm.

Meine Mutter verfluchte meinen Vater. Sie verstand nicht, warum er sie alleine gelassen hatte. Seine letzten Worte, Mutter würde sie niemals vergessen. An diesem Tag, mein Vater freute sich auf das Grillen, schaute er, bevor er in das Auto stieg, meine Mutter schelmisch an und sagte: *Stell schon mal das Bier kalt, Schatz.*

***

Als alle aus dem Haus waren, die Ruhe einkehrte, schaltete ich das Radio in der Küche ein bisschen lauter und räumte tanzend den Küchentisch auf. Musik war mein Leben. Das machte ich öfter. Ich liebte diese unbeobachteten Momente, wo ich singen und tanzen konnte. Ich besaß kein Talent, doch die Leidenschaft, falsch zu singen, lag mir im Blut.

Im Nu war ich fertig.

Als alles aufgeräumt war, schnappte ich mir Peters Manuskript, er schrieb schon wieder an einem neuen Buch, legte mich auf die von der morgendlichen Sonne angestrahlte Couch und überflog die Seiten. Mein Mann hatte nichts dagegen, schließlich war ich sein größter Kritiker. Von Anfang an drückte er mir seine Manuskripte in die Hand, da ihm meine Meinung sehr wichtig war. Neugierig war ich, was er zu Papier gebracht hatte.

Früher hatte ich meinen Mann zu seinen Auftritten begleitet und seine Comedy-Gags überarbeitet. Peter war ein Perfektionist. Alles musste so sein, wie er es sich vorgestellt hatte. Die Bühne half ihm sehr bei seiner Entwicklung. Er fühlte sich wohl auf den Brettern, die die Welt bedeuten. Ich war für ihn sein Ruhepol. Ich verstand das nicht wirklich, denn schließlich stand Peter auf der Bühne und nicht ich. Aber es hatte ihn beruhigt, zu wissen, dass ich Backstage oder im Publikum saß. Peter war der Chaot und ich sein Fels in der Brandung.

Während ich sein aktuelles Manuskript in meinen Händen hielt, eifrig Seite für Seite verschlang, hörte ich auf einmal im Flur etwas. Ein komisches Geräusch, als würde jemand mit schwerem Schuhwerk versuchen, leise auf den Zehenspitzen zu laufen. Die Sonne flutete in das Wohnzimmer hinein. Der Flur bekam nur wenig Tageslicht ab. Die dumpfen Geräusche wurden kräftiger. Überrumpelt, ein unangenehmes Angstgefühl im Nacken, presste ich meinen Rücken immer tiefer in das große Kissen auf dem Sofa und starrte wie paralysiert zur Wohnzimmer-Tür. Was war das, *wer* war das?

Ich versuchte, mich zu beruhigen. Es war Morgen und hell auf den Straßen, wer sollte denn...? Systematisch durchlief ich jede Antwort, die mir auf der Zunge lag. *Vielleicht ertönte das Geräusch von der Straße. Die Balkontür stand auf. Oder jemand war durch das Treppenhaus gelaufen.* Nein, das kam eindeutig nicht aus dcm Treppenhaus, jemand war in *unserer Wohnung.* Ich hob meinen Kopf und schaute nach links und rechts. Ich fühlte mich beobachtet, aber ich war jedenfalls hier, in diesem Raum, allein. Die aufsteigende Panik, die sich in meinem Kopf einnistete, war alles andere als angenehm. Stille. Es hatte aufgehört.

Mir wurde schlecht. Ich traute mich nicht, zu atmen. Auf einmal musste ich an die Worte von Micha denken; Schattengestalt – doch den Gedanken schob ich schnell wieder beiseite. Wie albern von mir. Ich wollte nicht an einen bösen Schattenmann glauben. >>*Es gibt keine dunklen Schatten in unserem Flur*<<, wiederholte ich immer wieder.

***

DA! Wieder Schlurfen im Flur.

Du bist erwachsen! Ich versuchte, mich mit dem Lesen des Manuskripts abzulenken. Ich würde NICHT nachsehen gehen, da war NICHTS! Meine Blicke wischten unkonzentriert über die Zeilen. Ich legte das Manuskript neben mich auf die Couch. Vorsichtig richtete ich mich auf und setzte mich in eine mir sicherer erscheinende Position. *Kommt jetzt einer, kann ich aufspringen. Und schnell wegrennen!* Stille.

Die Geräusche kamen tatsächlich immer noch näher. Wie lang war denn bitte unser Flur? Wieder Stille.

Ich hielt den Atem an und lauschte in der Hoffnung, einem akustischen Trugbild aufgesessen zu sein. Die Angst vor dem Ungewissen versetzte mich in eine Art Starre. Das

Gehirn spielte mir einen Streich, ganz bestimmt. Beim Versuch, von der Couch aufzustehen, fiel ich nach hinten auf die Polsterung. Meine Beine zitterten. Ich griff zu meinem Handy, wählte 110. Und legte wieder auf.

Für einen kurzen Augenblick überkam mich ein seltsames Gefühl. Es fiepte in meinem Ohr. Ich steckte mir den kleinen Finger in den linken Gehörgang und zuckte in alle Richtungen; die Musik im Radio wurde tatsächlich leiser, ich bildete mir das nicht ein. Der konstante Ton, Lautstärke vier, verstummte. Ich erschrak, zugleich war ich verärgert, da ich den Werbespot über Kinder so gerne hörte. Skurril, ich weiß.

Na, Kinder!

Ist euch mal wieder langweilig? Funktioniert die blöde Play Station mal wieder nicht? Im Fernsehen kommt auch nur Blödsinn?

Da haben wir einen Tipp für euch! Geht raus an die frische Luft und entdeckt euern Planeten. Und mit raus an die Luft und den Planeten entdecken, meinen wir nicht Star

Wars zocken.

Das Radio in der Küche war neu. Mein Verstand sagte mir, dass es vielleicht kaputt sei. Keine Woche alt. *Schon kaputt?* Meine Beine zitterten noch immer. Die Musik geht doch nicht von alleine aus?

>>Scheiße ... Was ist das?<<

Wenn man sich aus Angst heraus an Gedanken und Dinge klammert, kann das Gehirn einem einiges vorgaukeln. Das Unbehagen, dieses gruselige Gefühl, ungeschützt zu sein, vor etwas, das man nicht sehen, nicht deuten kann – einer dunklen Gestalt nachts neben der Wohnungstür oder Musik aus dem Radio, die leiser wird und zum Schluss komplett verstummt, flammt schnell auf. Meine Angst wuchs ins Unermessliche.

***

Ich holte tief Luft und zählte bis zehn. *Reiß dich zusammen! Da ist nichts!* Schnell bekam ich meinen inneren Frieden zurück. Die Panik erlosch. Ich blieb auf der Couch sitzen, stöberte in Peters Manuskript herum. Ich versuchte, mich weiter abzulenken. Stille. Nichts war zu hören. *Na bitte! Alles nur Einbildung! Durch die offene Balkontür hörte ich Lachen von der Straße heraufwehen, Motorenlärm, eine alte Hupe blökte. Ein ganz normaler Tag. Ohne Schattengestalten im Flur.*

Ich warf einen erschrockenen Blick auf die Uhr. Mittag. Die Wäsche sowie der blöde Abwasch warteten noch sehnsüchtig auf mich. Ich hatte die Zeit vergessen. Zögernd, mit einem Glas bewaffnet, verließ ich die Wohnstube und schlich mit leiser Sohle in die Küche. *An dem Radio war nichts kaputt.* Es war nur ausgegangen. Vielleicht ein technischer Fehler. Das kann schon mal passieren.

Hastig räumte ich das Geschirr in den Schrank. Etwas mulmig war mir trotzdem noch. Immer wieder drehte ich mich zum Flur um. Aus einem mir unerklärbaren Grund bekam ich das erstickende Gefühl nicht los, beobachtet zu werden. Aber da war niemand.

>>Nichts ...<<

Als ich in der Küche mit allem fertig war, verschwand ich im Badezimmer und sprang unter die Dusche. Rekordzeit. So schnell hatte ich noch nie geduscht. Ich legte mir einen lauwarmen Waschlappen ins Gesicht und atmete die Feuchte des Lappens ein. Etwas Schminke, fertig. Ich zog mir meine Lieblingsjogginghose über, ein Schlabbershirt und schlüpfte in meine bequemen Hausschuhe.

Mit großen Ohren, ich konnte noch immer nicht klar denken, wischte ich den Spiegel trocken und räumte meine Klamotten in den Wäschekorb. Wo war mein Slip? Zögernd drückte ich die Türklinke herunter und die Badtür vorsichtig einen kleinen Spalt auf. Ich verschaffte mir einen Überblick. >>*Du bist nicht verrückt!*<< Nichts war auffällig.

In der Küche tippte ich noch einmal auf alle Radioknöpfe. Es ließ mir keine Ruhe. Das Radio war neu. *Tatsächlich* ... Es war wirklich kaputt, und ich bildete mir die Hirngespinste nur ein. Auf dem Küchentisch lag ein Zettel, den ich vorher nicht bemerkt hatte. Er war von Michas Fußballtrainer. Den Zettel musste ich wohl beim Aufräumen übersehen haben. Ich war verdutzt. Das Training am Donnerstag fiel aus. >>*Schön, dass ich auch mal Bescheid bekomme*<<, stammelte ich vor mich hin.

Leicht wütend über seine Vergesslichkeit, setzte ich mich auf den Stuhl in der Küche und warf einen Blick aus dem Fenster. Seit geraumer Zeit ließ unser Sohn Micha so einiges schleifen. Hätte ich den Zettel nicht gefunden, wäre das nicht die erste Nachricht an uns Eltern gewesen, die wir nicht zu Gesicht bekommen hätten. Fortnite und Fußball waren wichtiger als alles andere. Zum Glück war sein Kopf angewachsen.

Umkreist von einer schaurigen Stille, legte ich den Zettel auf den Tisch und wollte aufstehen, um das Mittagessen vorzubereiten. Ich schrieb Peter eine WhatsApp.

Plötzlich ein Knall. Die Wohnungstür fiel zu und schnappte ins Schloss. Ich riss vor Schreck die Augen weit auf und sank zurück auf den Stuhl.

9 Handy aus

Ich rauchte eine Zigarette. Niemand ging ans Telefon. >>*Wozu manche Leute Handys haben?*<< Seit 10 Minuten versuchte ich, die Eltern des vermissten Mädchens anzurufen. >>*Mich kotzte das dermaßen an.*<<

Mir war klar, dass einige Eltern ihre Telefone auf Arbeit nicht bei sich tragen durften. Eine Bekannte von mir arbeitete in einer Schokoladenfabrik, und sie hatte ihr Handy immer am Mann. Es war zwar nicht erlaubt, doch bei zwei Kindern geht die Sicherheit, die Erreichbarkeit einfach vor. Das verstehen aber leider nur die wenigsten. >>*Wir Deutschen sind so steif und tragen den Stock im Arsch, mit Stolz. Ich verstehe das nicht!*<<

***

Mit einem mulmigen Gefühl fuhr ich zu der Wohnung der Familie des vermissten Mädchens. Ich wollte das nicht machen müssen. Die Adresse der Familie hatte mir die Kitaleiterin gegeben. Eine liebevolle Person, die sich Sorgen machte, was verständlich war.

Ich gab die Hoffnung nicht auf, dass die Kleine eventuell bei ihren Eltern zu Hause wäre und friedlich in ihrem Kinderzimmer mit ihren Puppen und Kuscheltieren spielte. Mit diesem kleinen Hoffnungsschimmer fuhr ich zielstrebig durch die Stadt. Ich war stressgeladen. Die Kippe schmeckte. Ein Schokoriegel hätte nichts gebracht.

Während der Fahrt kreisten mir die hässlichsten Gedanken im Kopf herum. Ich wusste nicht, warum, aber irgendwie ging mir die Erzieherin nicht aus dem Kopf. Sie hatte etwas Unangenehmes, Undurchsichtiges an sich, als würde sie mit ihrer schrillen Art etwas zu überspielen versuchen.

Frau Webers Verhalten mir gegenüber war zwar distanziert und angespannt, arrogant, und zugleich schmiss sie sich mir an den Hals, wie ein Fisch den leuchtenden Köder verschluckt. Eine notgeile Frau? Anstrengend und unfreundlich. Ihre Körpersprache irritierte mich, die ganze Art war paradox. Ich hatte ein komisches Gefühl bei dieser Person. Aber vielleicht war sie nur völlig verstört gewesen wegen dem Verschwinden der Kleinen? In Extremsituationen werden die Leute manchmal wunderlich.

Angekommen. Ich war da. Hausnummer 43. Mit überlegten Schritten ging ich zum Haus. Zögernd setzte ich die Kuppe meines Zeigefingers auf den Klingelknopf. Ich schloss die Augen und atmete tief ein. *>>Dann los ...<<*

Es klingelte. Niemand machte auf. Kurz gewartet. Ich klingelte erneut, plötzlich hörte ich eine sanfte Frauenstimme aus der Gegensprechanlage ertönen.

>>Hallo ...<<

>>Hallo, Frau Perke, Steiner von der Kripo hier.<<

>>Äh ... von der was?<<, stotterte Frau Perke.

>>Spreche ich mit Frau Perke?<<

>>Ja ...<<

>>Öffnen Sie bitte die Tür! Ich möchte das nicht mit Ihnen zwischen Tür und Angel bereden.<<

>>Ja, ist was mit meinem Mann?<<

>>Öffnen Sie bitte ...<<

***

Es summte. Eine große, massive Holztür mit einem schlichten, aber modernen Design sprang aus dem Schnapper. Die drei Meter hohe Tür öffnete sich sanft vollautomatisch nach innen. *Eindrucksvoll.*

Im Treppenhaus war es erfrischend kühl. Es roch nach Gemäuer, Farbe, Parfüm und Pflanzen. Auf dem Weg nach oben durchlief ich tausende Optionen. Ein Szenario verfolgte das nächste. *Wie fange ich an?* Das Treppenhaus war einfach gehalten. Gelbe Marmorstufen und ein schwarzes Geländer. Ein paar Blumen im Fenster. Fertig.

>>Wie gehe ich vor?<<

>>Falle ich gleich mit der Tür ins Haus?<<

Stufe für Stufe. Ein mulmiges Gefühl in der Brust erschwerte mir das Atmen. Man hat zwar für solche Fälle eine Art Handlungsanweisung, doch kann man die in der Realität nicht immer umsetzen. Der Weg in den dritten Stock kam mir unendlich lang vor. Laut den Klingelschildern wohnten neben der Familie des vermissten Mädchens unter anderem zwei Ärzte in dem Haus.

Das Treppenhaus, das Gebäude, einfach alles war perfekt. Ansprechend und gepflegt. In solchen Gegenden zog selten das Elend ein. *Wieso musste ich ausgerechnet hierher?*

Oben angekommen, holte ich tief Luft. >>*Sauerstoffzelt* ...<< Ich wollte eine rauchen.

Eine junge, zierliche Frau stand vor mir. Mit einem Bein im Treppenhaus und mit dem anderen in der Tür, damit die nicht zufiel. Die Frau war hübsch und adrett, trotz Trainingshose. Mit großen Augen schaute sie mich an. Grünlich funkelten sie durch das ins Treppenhaus brechende Tageslicht, das durch ein großes, rundes Dachfenster schien. Mir tat der nächste Schritt unendlich leid. Ich wollte ihr den Schmerz ersparen.

>>*Hallo, Frau Perke!*<<

Langsam ging ich auf die junge Frau zu, sie ahnte Schlimmes. Sie versuchte, den Schein zu wahren. Ihre freundliche Art blieb bestehen, doch im Inneren wusste sie natürlich, dass etwas Unerwünschtes auf sie zukam; ich mit keinen guten Nachrichten im Gepäck vor ihr stünde. Wie auch, selten überbrachte die Polizei gute Nachrichten bei einem unangekündigten Hausbesuch.

>>Hallo, Herr Steiner!<<

Frau Perke schaute kurz rüber zu der gegenüberliegenden Tür. Ihr war die Situation unangenehm. Anscheinend wohnte dort jemand, der gerade neugierig am Spion klebte. Tratsch und Klatsch im Treppenhaus mussten ja gepflegt und verbreitet werden. Mit schnellen Handbewegungen bat mich die junge Frau eilig in ihre Wohnung.

Sie ging vor. Ihre Haare rochen frisch. Ein blumiger Duft kitzelte meine Nase. Ihre Haut glänzte. *Bestimmt hatte sie sich gerade eingecremt.* Ich zog die Wohnungstür hinter mir ins Schloss. In der Wohnung roch es lieblich. Eine zarte Kokosnote kroch in meine Nasenlöcher. Die Einrichtung, modern. Es sah exquisit in der Wohnung aus.

>>Bitte, setzen Sie sich auf die Couch.<<

Ein riesiges Sofa bot sich mir an. Mindestens dreieinhalb Meter lang, mit einer üppigen Sitzfläche, ich hätte sofort einschlafen können. Meine Schlaflosigkeit hielt sich wacker, aber an den unmöglichsten Orten zu den unmöglichsten Zeiten meldete sich mein

Körper, dass für ein Nickerchen der perfekte Moment gekommen wäre. Aber hier ging es nicht um meinen Schlaf, auch wenn das weiche Velours des Sitzmöbels aufdringlich zärtlich darum bat, dass ich mich darauf zu betten hätte.

Wir saßen uns gegenüber. Ich holte meinen Notizblock hervor und spannte Frau Perke nicht länger auf die Folter.

>>Frau Perke, haben sie eine Tochter?<<

>>Ja, hab ich. Warum?<<, schluckte sie tief.

>>Wo ist sie im Moment?<<

>>Wie bitte? Wieso fragen Sie? Ist etwas passiert? Sie ist im Kindergarten, was ... was ist denn los? <<, die junge Frau verlor die Fassung.

>>Wie heißt ihre Tochter? Wie alt ist sie, und welche Sachen trug ihre Tochter, als sie heute das Haus verließ?<<

>> Josie heißt sie. Josie..<<

>>Was ist passiert?<<, wollte Frau Perke wissen.

>>Beantworten Sie bitte erst meine Fragen!

Ich erkläre Ihnen gleich, warum ich hier bin.<<

>>Ja ... o. k.!<<

>>Sie ist 4 Jahre alt, und sie trug heute Morgen ihr Lieblingskleid. Ein rotes Minnie-Mouse-Kleidchen.<<

>>Frau Perke, mir tut es leid, Ihnen das mitteilen zu müssen - aber wir gehen davon aus, dass Josie eventuell entführt wurde.<<

>>Was?<<

>>Was sagen sie da? Das ist nicht wahr, oder?<<, flehte sie mich weinend an.

>>Wo ist meine Tochter? Wo zum Teufel ist meine Tochter?<<

***

Die junge Frau stützte ihren Kopf in die Hände und weinte bitterlich, sie zitterte am ganzen Körper. Tränen der Verzweiflung rannen ihre Wangen hinunter. Ich wollte am liebsten die Zeit zurückdrehen. Auch meine Augen füllten sich mit salzigem Nass. Ich war der Überbringer schrecklicher Nachrichten. Ich nahm die Unglückliche in den Arm und gab mein Bestes, sie zu trösten.

>>*Ich setze alle Hebel in Bewegung!*<<

>>*Ich verspreche Ihnen, dass ich alles tun werde, Josie gesund und munter zu Ihnen zurückzubringen! Ganz bestimmt werden Sie sie bald wieder in Ihre Arme schließen können.*<<

Ich machte ihr Hoffnung und wusste, dass ich mit diesem Versprechen völlig falsch liegen konnte.

>>*Wo ist Ihre Küche ...*<<

Sie hob den Kopf, löste sich aus meiner Umarmung und stand auf, ging voran.

Gläser standen poliert auf einem Tablett, ich goss ihr ein Glas Wasser ein.

>>*Trinken Sie etwas ...*<<

Schon einmal musste ich zwei liebevollen Eltern das Herz brechen. Josie zu retten, musste mir gelingen. Nicht noch einmal wollte ich ein Kind so auffinden, wie den kleinen Robin! *Nicht noch einmal ...*

Die junge Frau saß zusammengesackt auf dem Küchenstuhl, ihre Finger wischten immer wieder Tränenspuren aus ihrem Gesicht, kamen aber nicht gegen die Nässe an. Die Tränen sammelten sich am Kinn und tropften zu Boden.

Ich zupfte ein Blatt von einer Küchenrolle ab und reichte es ihr. Sie nahm es teilnahmslos entgegen, ließ es sinken und wischte weiter mit der anderen Hand über ihr Gesicht.

Ich bat sie darum, ihren Mann sofort telefonisch zu informieren.

>>Und bitte, Frau Perke, gehen Sie nicht vom Schlimmsten aus! Vielleicht hat jemand Josie mitgenommen, als er sein eigenes Kind abgeholt hat, vielleicht hat Josie erzählt, sie dürfe das, dürfe mit zum Spielen kommen. Weil, naja, ein Fehler der Erzieherin oder so, oder ... es gibt sicher eine einfache Erklärung.<< Was redete ich da? Völlig ausgeschlossen war das aber nicht.

Nervös griff Frau Perke zu ihrem Telefon, das vor ihr auf dem Tisch lag und versuchte, die Tastensperre aufzuheben. Ihre Hände zitterten wie Espenlaub. Es gelang ihr. Sie hielt das Telefon nervös am Ohr.

Frau Perke reichte mir ihr Handy.

>>Ich erreiche ihn nicht ...<<

>>Könnten Sie bitte meine Mutter anrufen?<<

>>Abgespeichert unter Mutsch!<<

Ich war froh, dass ich wenigstens ihre Mutter telefonisch kontaktieren und herbestellen konnte. Ich musste endlich los und mich auf die Suche nach der vermissten Josie machen. Meine Kollegin, Frau Schneider, käme gleich vorbei, um sich Frau Perke, bis deren Mutter da sein würde, zu kümmern. Ich wollte die Unglückliche nicht alleine lassen, doch die Zeit spielte ein tödliches Spiel. Es klingelte, Frau Schneider, ich wies sie kurz ein und machte mich auf den Weg.

Eilig sprintete ich die Treppen hinunter, sprang in mein Auto und fuhr los. Diabolische Gedanken verschmutzten meine Wahrnehmung. *>>Nicht festnehmen, gleich töten, dieses Tier ...<<* STOP! Ich musste klar sehen. *Nur mit einem klaren Kopf übersiehst du nicht das Wesentliche.*

Der Ausgangspunkt meiner Suche würde der Kindergarten sein. Es war die Nadel im Heuhaufen, die wir finden mussten. Mit dem Foto, welches mir Frau Perke mitgab, machte ich mich auf die Suche und durchkämmte die Stadt nach dem kleinen Mädchen.

10 Süße Maus

Tick, tack.

Die kleine Josie sprang lachend und pfeifend um das Spielhaus herum. Die Sonne kitzelte ihr kleines Gesicht, und der warme Windhauch fuhr schmeichelnd durch ihr glänzendes Haar. Ihre kleinen Füßchen scharrten durch die trockene Erde, wirbelten Staub auf, und ihr Summen vermischte sich mit dem lauwarmen Wind, der durch die Bäume strich.

Das Spielhaus stand auf einem kahlen Fleck Erde, direkt zwischen mehreren Sträuchern. Das dürftige Gras zwischen den Büschen war schon lange von kleinen Füßen niedergetrampelt worden. Es war ihr Lieblingsplatz und ihr Rückzugsort im Kindergarten. Selten waren andere Kinder hier; und wenn doch, mussten sie alle das machen, was Josie ihnen befahl. Die Kleine hatte das Spielhaus als ihr Haus ausgerufen.

An den Kindergartenzaun, einer Abzäunung aus Metall und Holz, grenzte ein schmaler rötlicher Kiesweg. Feingemahlene Steinchen, zusammengepresst und gerüttelt. Gegenüber befand sich ein langer Garagenkomplex. Mehrere Garagen nebeneinander, die zu einer Wohnsiedlung gehörten. Viel Schatten. Ein wenig besuchter Platz. Der Mann, der das kleine Mädchen beobachtete, wusste von der Abgeschiedenheit und Leere.

Elf Uhr. Ein warmer Vormittag. Die grellen Sonnenstrahlen brannten herunter, und die Luft staute zwischen dem Komplex. Bald gäbe es Mittagessen im Kindergarten hinter dem Zaun, von wo Lachen zu ihm herüberdrang. Schwüle Luft flirrte um sein Gesicht, eigentlich würde er sich bei diesen Bedingungen nicht auf den Straßen herumtreiben, seine kühle Wohnung war wesentlich einladender. Bei so einem zuckersüßen kleinen Mädchen jedoch ging er gern auch in der größten Hitze vor die Tür.

Seit zwanzig Minuten hatte der Fremde die kleine Josie mit dem roten Minnie-Maus-Kleid schon im Visier. Er konnte nicht die Augen von ihr abwenden. An ein kaputtes, rostiges Garagentor gelehnt, schaute er dem Mädchen zu und freute sich. Er freute sich wirklich. Sein Lächeln wurde immer breiter.

Der Mann war wie paralysiert. Sprung für Sprung flatterte das Ende des Kleidchens in die Höhe. Sein Puls raste. Schweißhände. Das Handy gezückt. Er filmte die Kleine, zoomte sie ganz nah heran.

Er kannte ihren Namen. Er wusste, was sie gerne aß. Er wusste auch, dass sie einen zehnjährigen Bruder hatte, den sie manchmal blöd fand. Dass ihr Vater tagsüber nie zu Hause war, darüber wusste er auch Bescheid. Er hatte sie und ihre Familie regelrecht studiert. Ganz aus der Nähe, bei Tag und bei Nacht.

***

>>Hmmhmm ...<<, summte das kleine Mädchen fröhlich vor sich hin.

Josie war ein liebes Mädchen, das total auf Einhörner abfuhr. Sie hatte viele Freunde im Kindergarten. Ab und zu allerdings konnte sie auch zickig werden. Und gemein. Einem fünfjährigen Jungen, er hatte, ohne zu fragen, an das Spielhaus gemalt, boxte sie an den Kopf.

In ihrer Kindergartengruppe hatte sie schon jetzt das Sagen, und das gefiel der kleinen

Prinzessin gut. Welchem kleinen Mädchen gefällt es nicht, wenn alle nach ihrer Pfeife tanzen?

Josie hatte den Tag mit Lachen und Singen begonnen. Ihre Eltern liebten die ansteckende Fröhlichkeit ihrer Tochter. Ihr Bruder war mittlerweile zu cool für das morgendliche Familienleben, doch Josie brachte die Sonne ins Haus.

Manchmal, wenn ihr Vater nach Hause kam, oft war es schon spät am Abend, hüpfte sie aus ihrem Bett heraus, rannte aus ihrem Zimmer, den langen dunklen Flur entlang zur Tür und sprang ihrem Papa in die Arme. Ein kleines Küsschen und weg war sie wieder, sie sauste zurück ins Bett. Ein kleiner, frecher, süßer Wirbelwind.

***

Josie schaute in den Himmel. Sie beobachtete die Blätter, die von der warmen Sommerbrise angestupst wurden. Sie drehte sich im Kreis, tanzte und sang. Bald würden alle Kinder zum Mittagstisch gerufen.

Der Mann schaute ihrem kindlichen Frohsinn gespannt zu. Noch immer stützte er sich an dem Garagentor ab. Er selbst spielte auch heute noch gern das eine oder andere Kinderspiel.

Das kleine Mädchen bückte sich, um etwas aufzuheben. Der Mann steckte sein Handy weg.

>>Diese wunderschönen Augen.<<

>>Dieser kleine, zuckersüße Mund ...<<

Die Kleine wäre nicht das erste Kind. Oh nein! Ihm waren schon drei Kinder in die Fänge geraten. Sie war auch nicht das erste Mädchen. Jedoch, Josie war etwas Besonderes. Wie oft er sie beobachtet hatte. Er hatte sich so verliebt in das kleine Ding, malte sich eine rosige Zukunft mit dem kleinen unschuldigen Kind aus, welches von der Gefahr, die ganz nah lauerte, nicht die leiseste Ahnung hatte.

Vorsichtig geduckt, schlich er sich leise an den Zaun heran. Er schaute sich suchend um, ja, er war allein, und ganz nah bei der Kleinen. Und die Kleine war auch allein.

Sein Herz schlug heftig, dicke Schweißperlen rollten seine Stirn herab und der Puls raste. Er beugte sich etwas herunter, schaute lächelnd durch eine Lücke zwischen zwei Zaunlatten und hauchte leise, zittrig ihren Namen.

JOSIE ...

Das Kind drehte den Kopf und blickte erstaunt in seine Richtung.

11 Die Nadel im Heuhaufen

>>Wie Menschen wirklich sind, weiß man erst dann, wenn man sieht, wie sie mit Kindern, Senioren oder Tieren umgehen. Mit denen, die am meisten Hilfe benötigen.<<

Die Abenddunkelheit legte sich über die Stadt. Von dem sommerlichen Tag war nichts mehr geblieben, selbst die Hitze der Gehwegplatten hatte sich verflüchtigt. Der rötlich schimmernde Sonnenuntergang verzog sich hinter den Dächern der Stadt. Ein Unwetter zog auf. Abgekühlte Luft fegte durch die Straßen, ein Regenschauer überraschte die Einwohner. Was für ein gespenstischer Wolkenbruch.

***

Peter Perke realisierte die Worte seiner Frau immer wieder und wieder, und immer wieder entglitten sie ihm. Völlig hysterisch hatte sie ihn gegen Mittag angerufen, durch den Hörer angeschrien, geweint. Sein kleines Mädchen war verschwunden. Er erstarrte, und mit ihm alles um ihn herum. Er hätte schon lange zu seiner Frau eilen sollen, sie in den Arm nehmen, trösten, mehr erfahren, sicher würde bald alles wieder gut, alles wäre nur ein Irrtum, ein böser Scherz, doch er war wie gelähmt.

Regungslos stand er auf dem vom Regen überfluteten Gehweg und schaute starr ins Leere. Minutenlang. Dann raffte er sich kurz auf.

Er schrieb eine Nachricht an seine Frau, packte das Telefon aber gleich wieder weg. Der Blick leer. Er hielt einen kleinen roten Fetzen in seiner rechten, fest verschlossenen Faust. Es schien, als würde er sich daran klammern.

Ein goldener BMW 745i A Turbo, Baujahr 1985, fuhr die verlassene Straße entlang, wo Perke einsam und verlassen im Regen stand. Nass und rutschig glänzte das Kopfsteinpflaster. Der BMW beschleunigte. Am Steuer saß Steiner, der noch einmal zu Familie Perke fuhr und Peter im Augenwinkel sofort erkannte. *Beim Vorbeifahren.* Seine Augen übersahen nichts.

Als Luke Steiner Perkes Frau die Nachricht

über das Verschwinden Josies überbracht hatte, hatte er ein Familienportrait an der Wand im Flur hängen sehen. Ein wirklich schönes Bild. Sehr harmonisch saßen die vier Perkes vor einem Kamin. Wie in einem Möbelkatalog – nur lange nicht so künstlich.

Steiner wendete den Wagen, die Reifen rutschten über den Asphalt. Dann hielt er neben dem tropfnassen Perke.

>>*Springen Sie rein!*<<, rief Steiner, die Beifahrertür seines Proletenautos öffnend.

>>*Los, wir haben keine Zeit, Herr Perke!*<<

Kurz überlegt. Noch einmal hoch zum Balkon geschaut, wo seine Frau hinter dem Fenster in den dunklen Himmel starrte. Er sah ihre Silhouette.

>>*Wie bitte? Wer sind Sie denn überhaupt?*<<, wollte Perke wissen.

>>*Herr Perke, mein Name ist Steiner, ich war vorhin bei Ihrer Frau wegen Josie! Ich bin Polizist. Und ich würde Sie gern befragen. Nicht unbedingt im Beisein Ihrer Frau, die ist schon aufgewühlt genug.*<<

Peter Perke ließ sich den Ausweis des Mannes zeigen und stieg in den Wagen.

>>Hier, hängen Sie sich die Decke um. Sie sind ja ganz nass!<<

Die Männer fuhren los. Perke wickelte sich in den weichen Stoff.

Steiner hatte die gelbgraue Decke stets in seinem Auto, eine große Kuscheldecke, fast schon ein Wohnmantel, die ebenso wie zwei Flaschen Wasser, mehrere Müsliriegel und eine Toilettenpapierrolle zu seiner Standardausrüstung zählten.

Observationen können sich wie Kaugummi ziehen. Viele Nächte hat er sich schon um die Ohren geschlagen, in denen er das Auto über Stunden nicht verlassen konnte. Und da kam sein Repertoire gerade recht.

***

Einhundertzwanzig Polizisten suchten inzwischen seit acht Stunden nach dem vermissten Mädchen, – Stunden der Ungewissheit. Die ganze Stadt schien alarmiert. Selbst Eltern der Einrichtung und unbeteiligte Leute machten sich auf die Suche nach dem Kind und unterstützten die Polizei.

Ein Meer aus Taschenlampen durchbrach die Dunkelheit. Ihr Name stieg, tausendfach aus unzähligen Mündern gerufen, mal lockend, mal fordernd, in den Nachthimmel. JOSIE ...

Die ersten achtundvierzig Stunden bei der Suche nach einer vermissten Person sind sehr ausschlaggebend. Handelt es sich um ein Kind, zählt jede Sekunde. Es ist wichtig, jedem einzelnen Hinweis nachzugehen, sich wieder und wieder alle wichtigen Informationen anzuschauen. Manchmal übersieht man vielleicht doch ein Detail.

Perke rief seine Frau an.

>>Schatz, ich komme jetzt nicht heim!<<, sprach er mit Nachdruck.

>>Wieso?<<

>>Was machst du?<<

>>Wo bist du, ich brauche dich.<<

Sabine war völlig überfordert.

Perke teilte seiner Frau mit, dass er zusammen mit Steiner, der ihn befragt hatte, nun auf der Suche nach Josie sei. Sie solle sich um Micha kümmern, er selbst wäre telefonisch immer erreichbar.

>>Was soll das heißen? Lässt du mich alleine?<<

>>Schatz, wir suchen Josie. Bleib zu Hause. Vielleicht meldet sich der Täter, oder Josie kommt nach Hause. Deine Mama ist doch da. Du bist nicht alleine.<<

>>Schau mal aus dem Wohnzimmerfenster, siehst du den dunklen Audi?<<

Auf der Straße vor ihrem Haus stand tatsächlich ein schwarzer Audi.

>>Zwei Zivilbeamte bleiben vor Ort. Mach dir keine Gedanken.<<

>>Wenn irgendwas ist, die Nummer der beiden Beamten, schicke ich dir gleich per WhatsApp.<<

Sabine stellte keine Fragen mehr.

***

Im Auto, so schön wie der BMW von außen

aussah, herrschte Chaos. Das Innenleben war eine fahrbare Kopie von Steiners Schreibtisch. Auf der Rückbank verteilt, drückten sich Akten und Schmierzettel aneinander. Ein Sauhaufen. Die Fußmatten des Autos waren verdreckt. Alte Flecken von matschigen Burgern schimmelten vor sich hin.

Der Aschenbecher war erst vor Kurzem geleert worden, quoll jedoch bereits wieder über. Das blaue Duftbäumchen am Rückspiegel pendelte im Takt mit zwei verschmutzten Plüschwürfeln, welche das Auto seit den 90ern anscheinend nicht mehr verlassen hatten.

Steiner bearbeitete die unterschiedlichsten Fälle. Ausreißer, Rausgeworfene, Gewaltverbrechen innerhalb der Familie, Morde und Entführungen. Doch wenn es um Kinder ging, war er besonders betroffen. Sauberkeit und Ordnung mussten hinten anstehen.

Im Fall Mirko – einer dieser Fälle, die an die Nieren gingen, war es zum Schluss sehr hässlich für den Beamten geworden. Man hatte Steiner für zwei Monate suspendiert.

>>*Was fällt Ihnen ein, Steiner?*<<, schrie sein Vorgesetzter damals durchs Büro.

>>Sie benehmen sich wie die Axt im Walde ...<<

Steiner blieb unberührt.

>>Alles klaro! Darf ich jetzt gehen, Papi?<<

>>Steiner, wenn Sie das Ganze noch lustig finden, dann lernen Sie mich richtig kennen. Haben wir uns verstanden?<<

***

Fall Mirko

Mirko war ein durchschnittlicher Schüler gewesen, aber er war sehr kreativ und versuchte, jeden Tag zu einem guten Tag zu machen. Er war freundlich und besaß viel Liebe in seinem kleinen Herzen.

Sein Vater war ein elendiger gewalttätiger Säufer, seine Mutter, um es mit den Worten ihrer Nachbarschaft wiederzugeben, war die Couch des 14-Stöckers. Jeder in dem verwahrlosten Brennpunkt-Hochhaus durfte auf ihr liegen, selbst wenn Mirko zu Hause war.

Beide waren üble Versager, doch das Jugendamt verschloss die Augen.

Der Junge musste einiges ertragen. Er genoss die Tage, an denen sein Vater nicht zu Hause war, sondern mit seinen Saufkumpanen die Zeit vor dem Kiosk totschlug. Mirko blühte an solchen Tagen auf. Manchmal konnte er sogar die Aufmerksamkeit seiner Mutter für sich gewinnen. Dann war einer der seltenen Zoobesuche drin. Aber das war wirklich selten.

Leider verschlechterte sich die Lage zusehends. Die Schulnoten des Kindes spiegelten das familiäre Umfeld wider. Zum Glück gab es einen Jugendklub gleich um die Ecke, dort hielt sich Mirko den ganzen Nachmittag auf. Und da war ein Student, der für die Kids kostenlos Nachhilfe in Mathematik, Deutsch, Englisch und Physik anbot. Mirkos Noten verbesserten sich. Leider verbesserte sich der desaströse Zustand bei ihm zu Hause jedoch nicht.

Die Gewalttätigkeit des Vaters brach sich immer ungezügelter Bahn.

Fast täglich kam der Junge mit Wunden übersät in die Schule, was seinem Sportlehrer dann doch irgendwann auffiel. Kratzer, blaue Flecken, Abdrücke ausgedrückter Zigaretten auf der Brust, Beulen durch Schläge gegen den Kopf wiesen auf langfristigen Missbrauch, auf üble Gewalt hin. Der Junge kannte weder Geborgenheit noch väterliche Liebe.

Als der Fall von Mirkos Lehrern an die Polizei gemeldet wurde, nahm sich Steiner des Jungen an. Mirko hatte nie Liebe erfahren dürfen. Schläge und Misshandlungen waren die einzige Art von Aufmerksamkeit, die ihm seine Eltern schenkten. Doch am schlimmsten für den Kriminalbeamten war die Information, dass das Jugendamt bisher nichts unternommen hatte.

Mirko wuchs die ersten Jahre bei seinen Großeltern auf. Liebevolle Menschen, die ihrem Enkel jeden Wunsch erfüllten. Dort ging es ihm gut, es fehlte ihm an nichts. Nach einer schweren Erkrankung, die seinem Opa schlimm zusetzte, zog der kleine Junge zu seinem Onkel nach Dölau. Mittlerweile war er sechs Jahre alt und genoss auch hier viel Herzlichkeit.

Steiner rief bei Mirkos Eltern an. Ihm platzte der Kragen. Angeblich sei der Junge beim Duschen ausgerutscht, ihm ginge es gar nicht gut, so seine Mutter am Telefon.

»Kann ich nun mit Ihrem Kind sprechen?«, fragte Steiner wütend.

»Nein! Selbst wenn Sie der Osterhase sind, Sie telefonieren nicht mit meinem Sohn. «

***

Es war Weihnachten. Überall hing Vorfreude in der Luft. Der Weihnachtsmarkt erhellte die Stadt, und die weihnachtliche Musik flog durch die Straßen, Gassen und über den Boulevard. Es roch nach Zimt, Lebkuchen, leckerer Pilzpfanne und Glühwein. Die Geschäfte waren festlich geschmückt, und die Weihnachtsdekoration erstrahlte in den buntesten Farben. Kinderlachen. Fröhliche Stimmen. Weihnachtslieder dudelten im Radio. Doch nicht bei Mirko.

Das Hochhaus war grau und schmutzig. Die Gegend vergessen von der Stadt und der Gemeinde. Ein Randbezirk von Halle. Eine Gegend, wo Eltern ihre Kinder ab einbrechender Dämmerung nicht alleine auf die Straße ließen. Vor dem Eingang des 14-

Stöckers standen mehrere Einkaufswagen, wild abgestellt, vermüllt. Leere Bierflaschen verteilten sich auf den Spielwiesen vor dem Haus. Von lachenden Kindern keine Spur. Auf den Treppenstufen traf sich die Jugend, und neben dem Kiosk saßen die Alten und kippten sich die Birnen zu.

Steiner betrat die erste Stufe.

>>*Hey, Opa, mal `ne Kippe oder so?*<<, sabbelte einer der Jugendlichen in seine Richtung.

>>*Redest du mit mir, Grünschnabel?*<<

>>*Ja, mit wem sonst? Noch ein alter Sack hier, oder wie?*<<

Steiner zwinkerte. Dann schob er den Mantel auf Hüfthöhe beiseite und ließ seine Waffe kurz funkeln.

>>*Komiker solltest du werden...*<<, sprach der Beamte, beugte sich zu dem Jungen herunter, legte seine rechte Hand auf dessen linke Schulter und griff fest zu.

Im Haus selbst schlug ein widerlicher Gestank von altem Urin und Müll in die Nase des Polizisten. Steiner hielt es kaum aus und fragte sich, wie hier jemand hausen könne.

Die Wände waren beschmiert und versifft.

An der Tür der Familie hing ein ausgebleichtes Weihnachtsmann-Kuscheltier; es hielt ein Schild in den Händen mit der Aufschrift; Frohes Fest.

>>*Welch Ironie!*<<, dachte Steiner.

Er klopfte. Der kleine Mirko öffnete die Tür.

>>*Hallo!*<<, begrüßte Steiner den Jungen.

>>*Ist alles o. k. mit dir?*<<

Mirkos Gesicht war verformt, der bläulich angeschwollene Handabdruck auf seiner Wange war unmöglich Folge eines Duschunfalls.

>>*Ja!*<<, antwortete das Kind zaghaft.

>>*Komm, ich hol dich hier raus, mein Junge.*<<

>>*Ich bringe dich in Sicherheit!*<<

Diese gute Tat, von Mirkos Vater, der mal wieder im Glanze war, nicht gern gesehen, blieb leider nicht gewaltfrei. Der Betrunkene realisierte den polizeilichen Eingriff nicht, er meinte, Steiner sei einer der vielen Nachbarn, die es mit seiner Frau trieben und ging mit einem Messer auf den Beamten los.

>>Du dummes Schwein ...<<, schrie der Alte lautstark und rannte auf den Beamten zu.

Die Rangelei im Flur verlagerte sich lautstark in das Treppenhaus. Nachbarn spähten aus Türspalten.

Steiner drückte mit seinem rechten Arm den Jungen hinter sich, wo er in Sicherheit war. Mit der linken Hand wehrte er die Messerattacken ab. Der Beamte versuchte erfolglos, den rasenden Alkoholiker zu besänftigen und ihm die Situation zu erklären.

>>Was wissen Sie schon, Sie dummer Bulle?<<

>>Mischen Sie sich nicht in unsere Angelegenheiten ein.<<

Als sich der Mann zum dritten Mal mit einem bebutterten Küchenmesser auf Steiner stürzte, um ihn gezielt in den Hals zu stechen, schnappte der sich die Tatwaffe, drehte dem Typen das Handgelenk um und schlug mit der rechten Faust in dessen Gesicht.

Der Säufer fiel zu Boden. Steiner warf ihn auf den Rücken und setzte sich auf seinen Bauch, – er fixierte die Oberarme mit seinen

Knien. Dann schlug er auf den Vater ein. Wie im Rausch. Immer wieder,

>>*Du Bastard! Das ist dein Sohn, das ist ein Kind, du Bastard!*<<

Als der Mann sich nicht mehr regte, Blut hatte als Lache um seinen Kopf auf dem Boden mittlerweile einen Heiligenschein gebildet, zottelte Mirko an Steiners Mantel.
>>*Bitte höre auf ...*<<

Zwei von den Mietern herbeigerufene Kollegen Steiners betraten das Treppenhaus. Sie sahen Steiner auf dem reglosen Körper hocken, zogen den Beamten herunter und hielten ihn fest. Steiner beruhige sich langsam. Ihm war bewusst, dass er dankbar sein musste, dass seine Kollegen vor Ort waren. Wären sie nicht gewesen, hätte er den Mann vermutlich totgeschlagen.

***

Perke schnappte sich die oberste Akte vom Rücksitz, die ihm in die Finger kam und stöberte darin herum. Volltreffer.

>>*Sind das die Infos? Fall „Josie". Also*

von meiner Tochter<<, wollte er von Steiner wissen.

Luke Steiner nickte und erzählte Perke alles, was er wusste. Von dem Anruf, der Zeugenbefragung, bis hin zur Untersuchung der Kita, dem Ort des Verschwindens. Steiner erhoffte sich einen schnelleren Klärungsablauf mit der Hilfe von Josies Papa.

Während der Beamte dem Familienvater den Ablauf kurz schilderte, bemerkte er auf einmal einen kleinen roten Stofffetzen in dessen Hand.

>>*Woher haben Sie das?<<,* fragte er neugierig nach.

Perke drehte sich rüber zu Steiner. Er öffnet seine Faust und schaut auf den Fetzen Stoff.

>>*Das gehört meiner Tochter. Sie riss sich das Stück heute Morgen an der Autotür ab<<,* erklärte Perke, ohne zu zögern.

Das war genau derselbe Stoff wie der, den Steiner am Tatort am Zaun gefunden hat. Dieselbe Farbe. Der Beamte wurde stutzig.

>>*Das hier habe ich heute am Tatort gefunden. Es hing am Zaun!<<,* er hielt den

Fetzen Stoff dem Vater vor die Nase.

>>Ja, das gehört meiner Tochter, glaube ich, das sieht so aus, wie...<<, begutachtete Perke nun beide Fetzen.

Steiner schaute angestrengt auf die Straße. *>>Sitze ich hier neben dem Entführer?<<* Das Scheinwerferlicht spiegelte sich auf der nassen Straßenoberfläche. Das Licht der entgegenkommenden Autos blendete stark. Er musste sich konzentrieren.

Perke saß schweigend neben dem Beamten. *Er wollte nur seine Tochter finden. Mehr nicht. Koste es, was es wolle.* Steiner machte ihm Hoffnung und versicherte ihm, dass sie Josie ganz bestimmt heil und munter finden und zurückholen würden.

Und dennoch, etwas stimmte mit Perke nicht.

***

Gemeinsam fuhren die Männer zum Kindergarten. Steiner hoffte, dass Perke ein wertvolles Detail erkennen würde, welches er übersehen haben könnte. Dabei überschätzte er den Gemütszustand des jungen Vaters. Dieser stand unbewegt im Regen nah am Zaun und blickte mit Tränen in den Augen auf das bekritzelte Pappspielhaus.

>>Das hat Josie gemalt...<<, seufzte Perke und drückte sich die Tränen weg. Das Spielhaus quoll durch den Regen auf.

Josie hatte eine Wand in ihrem Zimmer, die sie nach Lust und Laune bemalen durfte, auf der sie ihrer Zeichenkunst freien Lauf lassen konnte. Vorerst war es eher ein Kritzeln. Sie war ja erst vier. Auf dem Spielhaus befanden sich dieselben krakeligen Einhörner, wie zu Hause auf ihrer Wand.

>>Sind Sie sich sicher?<<

>>Schauen Sie sich bitte hier genauer um, fällt Ihnen etwas auf?<<

>>Irgendetwas ...<<

Steiner schenkte Perke ein paar Minuten. Nichts.

Beide liefen den Kiesweg rauf und runter. Sie schauten sich genau um und kletterten über den Zaun in den Kindergarten. Auf dem nassen Beet, wie auch zwischen den Sträuchern, war nichts Auffälliges zu finden. Und selbst wenn, der Regen hätte mit Sicherheit alle Spuren verwischt.

Mit der Taschenlampe wurde jede Ecke durchleuchtet. Im Spielhaus selbst stand nur ein kleiner Plastiktisch, worauf ein Löwen-Kuscheltier lag. Es gehörte nicht Josie.

Perke schaute über den Zaun hinüber zu den Garagen.

>>Lassen Sie uns noch einmal dort drüben nachschauen!<<

>>Vielleicht hat jemand etwas übersehen?<<

Es war dunkel. Bei den Garagen war nichts Aufsehenerregendes zu finden. Außer ein paar Kippenstummeln, einem kaputten Lippenstift und zerknülltem Kaugummipapier war nichts zu entdecken. Die Garagen wurden nur selten genutzt, dienten eher als Abstellmöglichkeit für alte Möbel und dergleichen.

Steiner leuchtete mit seiner Stabtaschenlampe über den Boden. Tatsächlich, da funkelte etwas.

>>Halt ...<<, warf er rüber zu Perke. Beide schauten sich an.

>>Halten Sie meine Taschenlampe<<, forderte Steiner den jungen Vater auf.

Steiner ging zu einem rostigen Garagentor.

Eine Visitenkarte, laminiert, hatte zurückgestrahlt. Er hob sie auf.

***

Beim Anblick der Karte musste Perke mit den Schultern zucken. Er hätte sie ignoriert. Eine stinknormale Visitenkarte. *So ein Reinfall*, dachte er. Doch nicht für Luke Steiner. Für Luke Steiner war jeder Fund möglicherweise der rettende Strohhalm.

Auf der schwarzen laminierten Karte standen lediglich eine Homepage-Adresse, **Bunteblumen.com,** und angefügt eine elfstellige Nummer. Beide Männer standen vor der Garage und grübelten.

>>Das kann alles sein oder nichts<<, sagte Steiner.

Der Beamte nahm sein Telefon, öffnete den Browser und gab die Seite ohne die lange elfstellige Nummer bei sich im Handy ein.

Nichts. Sie existierte nicht. Eine Geisterseite.

Gedankenblitz. Perke zückte sein Handy aus der nassen Jackentasche und tippte die Page erneut bei Google ein, dieses Mal jedoch mit der langen Nummer. Es dauerte einen kurzen Moment, doch dann, die Internetseite baute sich auf.

Beide trauten ihren Augen nicht.

Eine Seite im Deep Web. Der erste Eindruck von der Homepage: schlicht, wie ein Chatraum von Horrorfilmfanatikern. Alles in Schwarz gehalten. Seitlich Schriften in Rot, Gelb oder Weiß. Doch der zweite Blick brachte Licht in die Dunkelheit.

Durchnässt fuhren sie zu Perke nach Hause. Vielleicht entpuppte sich diese Visitenkarte tatsächlich als Strohhalm. Alles oder nichts.

12 Die Suche geht weiter

Zu Hause angekommen, führte Perke leise den Wohnungsschlüssel in das Türschloss ein. Er wollte niemanden aufwecken. In der Wohnung war es stockduster. Und es roch seltsam blumig. Seine Frau und sein Sohn schliefen beide bei Micha im Kinderbett. Zusammengekuschelt. Der Anblick war traurig und tat Perke weh.

Leise huschte der Familienvater in das Schlafzimmer, schnappte sich ein paar trockene Klamotten, zog sich um und setzte sich zu Steiner in die Küche.

>>Schlafen alle?<<, fragte Steiner flüsternd.

>>Ja, alles o. k.!<<

Peter holte zwei Gläser aus dem Schrank und stellte sie auf den Küchentisch. Steiner sah eine Schnapsflasche auf dem roten Kühlschrank, die er, ohne zu fragen, öffnete, er goss für beide ein. Er war kein Trinker, aber ein Schnaps, dachte sich Steiner, musste jetzt einfach sein.

Beide Männer saßen angespannt am Küchentisch und googelten erneut nach der dubiosen Seite. Die führte in einen sogenannten dunklen Raum. Eine Plattform, wo die Schweine unentdeckt ihren Perversionen nachgehen konnten. Keine Horrorfilm-Fans. Die elfstellige Nummer war der Schlüssel zum Portal. Ohne sie fand man die Seite gar nicht.

Die Männer waren angewidert und entsetzt zugleich. Bunteblumen.com war eine Seite, auf der sich Pädophile austauschten, Gedanken teilten und sich gegenseitig aufgeilten. Dort wurden Geschichten über Kindesentführung, Missbrauch von Kindern jeden Alters und sogar von Mord an Kindern geschrieben.

An einigen Geschichten, die geschrieben standen, waren blaue Links hinzugefügt worden, die zu anderen Internetseiten führten, Pressemitteilungen, Nachrichtenreportagen, TV-Clips auf YouTube. Vermutlich trieben sich dort Bestien herum, die aus ihren Fantasien Wirklichkeit machten und sich überboten, wer wie oft in den Medien präsent gewesen war. Wenn dies nicht alles nur morbidester Fantasie entsprang.

Der letzte Eintrag.

dergeileheinz28

Ich sah diesen kleinen, wirklich hübschen Jungen, nicht älter als 5 oder 6, auf dem Spielplatz schaukeln. Er hatte braunes, im Sonnenlicht funkelndes, kurzes Haar und ein bezaubernd schönes Lächeln. Ein Lächeln, welches mich anturnte. Ich beobachtete ihn fast täglich, und wisst ihr was, es war verdammt einfach, mich mit seiner dummen Mutter anzufreunden. So hatte ich leichtes Spiel...

Siehe Fotos, er war so frisch und roch sehr gut, den Angstblick in seinen Augen hättet ihr sehen sollen. Es war ein Genuss. Ich drückte immer fester zu....

Angewidert von dem, was er las, sprang Perke vom Tisch auf. Sein Stuhl kippte um, die Rückenlehne knallte gegen den Geschirrspüler.

Entsetzt schaute er auf Steiners Handy. Brechreiz kam in ihm hoch. Er zitterte am ganzen Körper. Sollte eines dieser Monster seine Tochter in den Fängen haben? Wie konnten Menschen solche grausamen Taten begehen?

Steiner trank seinen Schnaps in aller Ruhe aus.

Perke hoffte, dass der Lärm niemanden aufgeweckt hatte. Ihm war schlecht.

>>*Fahren Sie sich runter ...*<<, beruhigte Steiner den aufgeregten Mann.

>>*Sie können jetzt erst einmal nicht viel machen. Legen Sie sich schlafen. Ich kümmere mich.*<<

Steiner hob den Stuhl auf, leckte seinen Daumen an und wischte die Striemen von der Geschirrspülmaschine ab. Der Stuhl hatte hässliche Streifen hinterlassen.

13 Hinweis

Peter wehrte sich, doch die Müdigkeit gewann den Kampf. Unruhig schlief er auf der Couch ein. Steiner setzte sich zurück in die Küche und fuhr fort.

>>Was für abscheuliche Ungeheuer!<<

>>Ekelhaft, was die Wichser hier im Netz verbreiten.<<

Ein weiterer User hatte Fotos veröffentlicht, wie er unbekleidet auf seinem Bett lag, um ihn herum Unterwäsche in Kindergrößen. Das Gesicht des Mannes war verschwommen. Er hatte es ausgeblendet. Man sah nicht viel von der Einrichtung. Kein wirklicher Hinweis. *>>Pervers ...<<*

Steiner scrollte weiter und entdeckte ein Foto von einem Kind, welches ihn stutzig machte. Er kannte diesen Jungen. Irgendwie kam ihm sein Gesicht bekannt vor. Und dann fiel es ihm wie Schuppen von den Augen. *>>Das gibt's doch nicht!<<* Es handelte sich um Timmi S., einen elfjährigen Jungen, der von seinem Onkel vier Jahre lang seelisch und körperlich misshandelt worden war.

Dieser Fall ging Steiner dazumal sehr an die Substanz. Über Wochen hatte der Beamte gebraucht, dem schmierigen Fettsack von Onkel das Handwerk zu legen. Die Medien nannte ihn das Chamäleon. Der Typ, polizeibekannt, tauchte unter und fühlte sich sehr sicher.

Timmi war ein Fußballass gewesen. Er spielte im Nachwuchsteam des 3. Ligisten Hallescher FC. Nichts war für den Jungen wichtiger als das runde Leder. Es gab einige Scouts des DFB, die auf Timmi aufmerksam geworden waren. Schnell spielte er sich in die Herzen der Zuschauer. Der Junge war mit Talent gesegnet. *Der goldene rechte Fuß. Der Messi aus Halle.* Wie sein Trainer ihm nachsagte.

In der Schule war Timmi Klassenbester und er verhielt sich seinen Mitschülern und Lehrern gegenüber ordentlich. Er lebte mit seinen Eltern, einer Lehrerin und einem Anwalt, in Kröllwitz, Nähe Heide, in einem luxuriösen Wohnviertel. Abgeschirmt im Grünen.

Die Gegend war ein Traum für jeden, der

Geld besaß und seine Ruhe vor der Stadt haben, aber nicht aus der Stadt ziehen wollte. Man wohnte etwas abseits, trotzdem kam man sehr gut ins Zentrum.

Der Fall Timmi war Steiners dritter Kinderfall. Zuvor ging es um zwei Entführungsfälle, die er schnell auflösen konnte. Aber nie zuvor hatte Steiner es mit sexuellem Missbrauch an einem Kind zu tun gehabt. Das war neu für den damaligen Frischling.

Der ganze Fall widerte den Beamten an. Noch schlimmer war die Arroganz des schmierigen Typen, der zugab, seinen Neffen mehrfach angefasst zu haben und mit breiter Brust in einem selbstgedrehten Video verkündete, der Junge habe einen Hang zur Dramatik und hätte es gewollt. Dabei machte er eine eindeutige Bewegung mit der rechten Hand, die er zu seinem Mund führte.

***

In Perkes Küche sitzend, rief Steiner seine Kollegin auf dem Revier an. Sie sollte ihm alle Unterlagen zum Fall Timmi aufs Handy schicken. Es gab vielleicht eine Spur.

>>*Moin, Isi ...*<<, begrüßte er sie freundlich.

>>*Was gibts? Weißt du, wie spät es ist?*<<

>>*Du, ich bin hier auf eine Spur gestoßen, vielleicht bringt sie mich weiter! Ich brauche alle Unterlagen zum Fall Timmi/2103*<<

>> *...Und da komm ich ins Spiel, Steiner?*<<

>>*Isi, Baby, komm schon. Wie lange kennen wir uns?*<<

>>*Zu lange!*<<, flüsterte sie leise ins Telefon.

>>*Komm schon, hilf mir bitte.*<<

>>*Steiner, hast du mal auf die Uhr geguckt?*<<

>>*Ich weiß! Nur diesen Gefallen, bitte.*<<

>>*Kannst du mir die Unterlagen aufs Handy schicken?*<<

>>*Ja.*<<

>>*Danke, Süße, du bist die Beste.*<<

>>*Jaja, du mich auch!*<<, legte Isi den Hörer auf.

Während Steiner auf die angeforderten Unterlagen wartete, schaute er sich weiter diese dubiose Internetseite an. Ihm fiel ein User-Name ins Auge. **k.w.1988**

Weiter unten stand geschrieben:

k.w.1988

Heute ist ein schöner Tag. Ich habe ihn lange studiert und weiß alles über den Jungen. Drückt mir die Daumen. Ich werde auf dem Spielplatz viel Tumult anrichten.

Bis die Tage!

Tausend Gedanken schossen dem Beamten durch den Kopf. *Spielplatz? Chaos? Handelte es sich bei diesem Eintrag um den kleinen Robin?* Er fand keine weiteren Einträge oder Kommentare von dem User. Aber eine innere Stimme sagte ihm, dass er den Namen **k.w.1988** umgehend notieren und in seinem Hirn verankern musste.

***

Als Polizist lernte er die schrillsten Typen kennen. Steiner war ein Verfechter gegen Gewalt und Verbrechen, doch manchmal musste man mit beidem zurechtkommen. Gerade in seinem Job. Er hatte ihn sich ja selbst ausgesucht. Steiner schaute sich das Foto noch einmal an. Erneut stützte er sich mit dem Arm auf dem Tisch ab und konnte es nicht fassen. >>*Das ist Timmi!*<<

Der Fall Timmi. Tag und Nacht schlug er sich um die Ohren, um dem Dreckschwein das Handwerk zu legen. Zwei kleine Fische, Ladendiebstahl und leichte Körperverletzung, beide traten häufig im Fußballstadion unangenehm auf, gaben dem Beamten den hilfreichen Tipp, sich mal im Bahnhofsviertel umzuschauen.

>>*Geh da mal hin, Junge.*<<

>>*Ey, der ist ganz schön aggro unterwegs, der Typ.*<<

>>*Pass auf dich auf!*<<

Auf der verruchten Meile, wo sich Stricher, Nutten und Türsteher kennen und grüßen, sollte es einen Typen geben, der damit prahlte, die Polizei an der Nase herumzuführen. Dem wollte Steiner nachgehen.

Ohne seinen Vorgesetzten in Kenntnis zu setzen, machte er sich auf die Suche und handelte auf eigene Faust.

Die Delitzscher Straße war die Hauptstraße des Vergnügungs- und Rotlichtviertels, direkt am Hauptbahnhof gelegen. Dort, wo die Nutten zu Hause waren, verschaffte sich Steiner einen Überblick. Im Puff "Heiße Schenkel" hörte er sich als Erstes um, und sein Bauchgefühl sollte Recht behalten.

Svetlana, eine junge Prostituierte, oft hilfreich bezüglich Informationen, war seine erste Anlaufstelle. Sie wohnte und lebte im Bordell. Auf der Straße wäre diese Schönheit ein gefundenes Fressen für die Aasgeier gewesen. Sveta, wie er sie liebevoll nannte, war eine gute Seele. 23 Jahre jung, hübsch, aber von den zwei Jahren in Halle, wo sie von Anfang an als Prostituierte arbeitete, gebrandmarkt.

Ihre Reise nach Deutschland war für die junge Russin anders als geplant verlaufen. Sie kam nach Halle, um ein besseres Leben zu führen. Geld und Glück wollte sie finden, um ihre Familie finanziell unterstützen zu können.

Oft genug bot Steiner der jungen Frau seine

Hilfe an. Er wollte sie in ihre Heimat, zu ihrer Familie bringen, doch zu verlockend war das Geld, das sie im Rotlicht mit ein wenig Stöhnen verdienen konnte. Einmal im Monat ging er mit ihr Essen. Das war er ihr schuldig, immerhin versorgte sie ihn dafür mit Informationen aus dem Milieu.

Natürlich hatte Sveta einen Zuhälter, doch an Steiner kam der auch nicht vorbei. Der Beamte kontrollierte Svetas Gemütszustand fast wöchentlich und machte ihrem Loddel ganz genau klar, dass der seine schmierigen Wichsgriffel keineswegs brutal gegen sie einsetzen dürfe. Ihr Befinden lag Steiner am Herzen. Das begriff die Goldkette auf zwei Beinen auch recht zügig. Und schonte sie.

***

Zimmer 343, das war ihr Reich. Die Gänge des umgebauten Hotels waren nur schwach beleuchtet. Überall roch es nach Parfüm und Vanille. *"Männer lieben Vanille, deshalb riechen alle Huren der Welt so."*

Der Geruch von Sex lag in der Luft. Rote Tapeten. Roter Teppich.

>>Sex ist ein komischer Duft ...<<, nuschelte Steiner vor sich hin, während er die rote Meile entlangschlich.

Ein Freier lief Steiner über den Weg. Anscheinend hatte der keine Zeit zum Duschen gehabt. Er stank muffig und wischte mit seinen Händen durch sein fettiges Haar. Er hatte es eilig. Sperma-Reste und Scheidenausfluss klebten an seiner halboffenen Hose. Kopfschüttelnd schmunzelte Steiner in sich hinein. *>>Das wird seine Frau freuen!<<*

Die Tür links neben ihm sprang auf. Eine farbige Schönheit steckte ihren Kopf heraus. *>>Na, Süßer, Bock auf einen geilen Ritt?<<*

>>Sorry, Ebenholz, spring auf ein anderes Pferd!<<

***

Das übertriebene Rot ging ihm auf die Eier. Roter Teppich, rote Tapete und die kleinen roten Wandleuchten, die weniger Licht spendeten als seine Taschenlampe. Er hasste diesen Ort. Er verstand es nicht, wie sich Sveta hier wohlfühlen konnte.

Steiner verließ den langen Flur und bog in einen kurzen Flügel ab. Links und rechts jeweils drei Türen. Geradeaus ein rot angemaltes Fenster. Er stand vor Svetlanas Tür und wollte soeben drei Mal klopfen und zwei Mal die Türklinke klinken, das war ihr Code, so wusste Sveta, dass Steiner vor der Türe stand, als der Beamte plötzlich einen erstickenden Schrei vernahm. Dann Gepolter und Stöhnen, welches allerdings nicht ansatzweise das Stöhnen eines lustvollen Aktes war. Gefahr im Verzug! Instinktiv trat er die Tür ein.

Ein kleiner, fetter Typ, ein ihm bekannter Politiker, der im Hauptverband Deutsche Bauindustrie tätig war, schrie die am Boden liegende Svetlana an; >>*Zier dich nicht so, du Schlampe. Du wertloses Stück Vieh.*<<

Steiner betrat den Raum. Er stand in ihrem Reich. Lila war ihre Farbe. Wasserbett, Sessel und Schminktisch. Sie roch nicht nach Vanille. Sveta roch nach Coco Chanel. Steiner hatte ihr das Parfüm zum Geburtstag gekauft. Sie liebte den Duft.

>>*Du wertloses Stück Vieh?*<<, wiederholte Steiner wütend und starrte dem Typen in die Augen.

>>*Ist das deine Schlampe?*<<, antwortete der kleine, fette Mann.

>>*Kannst du haben ...*<<, schrie er in Steiners Richtung. Er hatte einen widerlichen Mundgeruch.

Ohne mit der Wimper zu zucken, klatschte er dem Fettsack eine, drückte ihn zu Boden, trat ihm mit seinen frisch geputzten Stiefeln in den Arsch und nahm anschließend den schmierigen Penner wegen Körperverletzung fest.

>>*Was willst du, du dummer Wichser?*<<

Steiner drückte sein Körpergewicht auf den behaarten und schwitzigen Rumpf des am Boden liegenden Mannes.

>>*Das will ich!*<<, antwortete Steiner frech und wischte das Gesicht des Typen über den borstigen Teppich.

Der Politiker wog mindestens einhundertzwanzig Kilogramm und mit seinem unappetitlichen Dönermundgeruch brachte er jede Fliege um die Ecke. Steiner schaute rüber zu Sveta und schüttelte nur mit dem Kopf.

>>*Alles o. k., Süße?*<<, fragte er und warf Sveta einen Bademantel zu.

>>Ja! Danke ...<<

Niemand wusste, wer, aber irgendein Vögelchen hatte der Presse zugezwitschert, die rein zufällig in der Nähe ihren Hauptsitz hatten – dass es gerade zu einer interessanten Festnahme im Bordell "Heiße Schenkel" gekommen war.

Steiner wartete.

Als die Pressefritzen endlich ankamen, schaffte er den Typen in Handschellen, so, wie Gott ihn geschaffen hatte, auf die Straße, wo zwei Beamte sehnsüchtig auf ihn warteten. Blitzlichtgewitter garantiert!

>>Danke. Du bist mein Held!<<, freute sich Sveta.

>>Kein Problem, Süße.<<

>>Aber, sag mal ... weißt du was über einen Mann, namens Holger Kirschbaum?<<

>>Zirka 1.70 klein, dicklich, gelockte schwarze Haare?<<

>>Ich weiß nicht, Steiner ...<<

>>Hier ist immer so ein ekelhafter Typ, der sich selbst Kirschi nennt.<<

>>Dicklicher Mann. Komische Frisur.<<

>>Echt ...<<

>>Das muss er sein.<<

>>Wann und wo, Sveta?<<

>>Jeden Donnerstag, also heute, gegen 20.00 Uhr. Er taucht immer unten an der Bar auf. Ein wirkliches ekelhaftes Schwein.<<

***

Steiner gönnte sich unten an der Bar ein kühles Blondes und rauchte genüsslich eine Zigarette. Dann verschwand er auf Svetas Zimmer.

Keine Stunde später, und der Gesuchte torkelte tatsächlich angetrunken in den Puff. Seine gute Seele Svetlana schmiss sich wie besprochen dem unhöflichen Sack sofort an den Hals und verführte ihn nach Strich und Faden.

Der Typ, ungepflegt, sexistisch und handgreiflich, tappte in die Falle. Ohne groß Worte zu verlieren, folgte er Sveta auf ihr Zimmer, wo Perke mit den Handschellen auf ihn wartete.

>>*Hier, du Träne, ohne Fell!*<<

***

Steiners Handy klingelte. Die verlangten Unterlagen waren angekommen. Er stöberte durch die PDF-Dateien und verlor die Zeit völlig aus dem Fokus. Es war drei Uhr nachts, als sich auf der Homepage Bunteblumen.com endlich etwas tat.

Ein neuer Eintrag. Steiner sollte recht behalten.

k.w.1988

Hi Freunde, ich habe mich gar nicht gemeldet. Die Zeit war knapp und ihr wisst ja, nach dem Genießen ist vor dem Genießen. Melde mich morgen wieder bei euch. Genießt und liebt.

14 Sag kein Wort

>>*Du bist eine wirklich süße Maus.*<<

So ein schönes Mädel hatte ich noch nie. Ich hatte mich verliebt in dieses süße Geschöpf. Einfach niedlich.

Gott hatte mir das kleine Mädchen geschenkt. Sie gehörte mir, und niemand würde sie mir wegnehmen. Aufgeregt war ich. Ich hatte alles schick hergerichtet, damit sie sich wohlfühlt. Frauen mögen es hübsch. Frauen mögen es gut duftend. Auch die kleinen.

Es war eine alte Hütte, aber ich gab mir Mühe. Bunte Gardinen und ein wenig Farbe an den Wänden aufgetragen, fertig. Sogar einen Esstisch und ein funktionierendes Bad gab es.

>>*Ich bin froh, dass du bei mir bist, aber bitte hör mit dem Weinen auf...*<<

>>*Weißt du, wenn du weinst, dann tut mir das in den Ohren weh! Und ich will dir keine Schmerzen zufügen müssen. Sei bitte einfach nur still, meine Süße.*<<

***

Ich nahm die kleine Josie mit in mein Versteck. Ein guter Zufluchtsort. Niemand würde uns hier finden. Keiner würde sie schreien hören. Meine Mutter gab mir den Schlüssel zu dieser Hütte. Ich habe eine gute Mutter. Sie ist liebevoll und meine beste Freundin.

Als mein Vater verschwand, war sie alles, was ich noch hatte und ich, alles, was sie besaß. Von nun an war ich der Mann im Haus. Es war hart. Ich musste früh im Haushalt mit anpacken.

Mutti sagte immer zu mir, dass ich leise sein soll, wenn Männerbesuch bei uns war. Niemand sollte wissen, dass ich da war. Ich blieb **stumm**. >>*Nur stumme Kinder, sind gute Kinder!*<<, sagte Mama immer zu mir.

Die meisten Männer, die bei uns zu Besuch waren, schienen nicht nett zu sein. Sie waren brutal und schlugen meine Mutter ins Gesicht. Manchmal wollte Mama das aber auch. Ich weiß nicht, warum. Das waren alles kleine Würstchen, die Macht ausüben wollten, meinte sie. Mehr war das nicht.

Ich kannte die Adressen der Männer. Während sie mit meiner Mama im Schlafzimmer verschwanden, stöberte ich in ihren Geldbörsen herum. Viele hatten Familie, und die unterrichtete ich darüber, welcher Freizeitbeschäftigung ihre Männer, Väter nachgingen. Das Geld klaute ich nicht. Geld hat mich noch nie interessiert.

Später, als ich älter war, besuchte ich die Männer. Es hing ja nur ein Foto von mir in Mamas Schlafzimmer, aber diese Männer interessierte kein Foto von einem neunjährigen Jungen an der Wand, sie wollten Mama bumsen und zum Schuss kommen. Die haben vielleicht blöd aus der Wäsche geguckt, als ich unerwartet auf der Türschwelle stand. Vielleicht erinnerten sie sich doch an mich? Vielleicht hatten sich die Männer doch das Bild von Mama und mir angeschaut? Vielleicht hatten sie mich doch erkannt, als ich sie besuchte?

Als ich noch klein war, verschwand mein Vater. Ich habe keine Erinnerung an ihn. Einfach weg war er. Nichts weiß ich über diesen Versager – es interessierte mich auch nicht. Was mich aber interessierte, waren die Gefühle meiner Mutter. Wie schon erwähnt, die Männer waren nie nett gewesen zu Mama. Zum Vögeln hatte es gereicht, doch das war es dann auch schon. Mama wusste nichts von meinen Besuchen bei ihnen. Einige der Männer würde Mama auch nie wieder sehen.

***

Während der Pubertät fing ich an, Kraftsport zu treiben. Ich wollte Muskeln haben wie Silvester Stallone. Nie wieder sollte es ein Mann wagen, meiner Mama wehzutun. Ich war ihr Beschützer.

Im Fitnessstudio lernte ich viel über mich und meinen Körper. Ich verschaffte mir Respekt. Ich fand die schwitzenden Frauen in den Studios sehr anziehend. Ich beobachtete die Frauen gerne beim Oberschenkeltraining. Sie trugen alle hautenge Höschen. Die Frauen rochen auch alle so gut. Manchmal schlich ich mich in die Damen-Umkleide, stahl den jungen Frauen, während sie duschten, ihre Unterwäsche. Der Geruch erregte mich. *Sie rochen allesamt wundervoll.*

Aber auch nackte Männerkörper unter der Dusche faszinierten mich. Ich bekam jedes Mal einen Steifen, wenn ich das Seifenwasser beobachtete, wie es langsam die stählernen Körper herab und in die Pofalte lief. Nasse, muskulöse Männerkörper waren anregend.

Meine Muskeln wuchsen schnell, wie auch mein Geist. Ich war diszipliniert. Das tat gut. Mutter fand das auch toll, und sie fühlte sich bei mir sicher. Sie nahm fast täglich meine Muskeln unter die Lupe. Ich war stolz auf meinen Körper.

Den einen Abend, es waren nur vier Personen im Fitnessstudio, machte mich ein Typ dumm von der Seite an. >>*Guck nicht so, du Schwuchtel.*<< Das fand ich überhaupt nicht nett. Ich war traurig über seine Wortwahl. Wir kannten uns nicht. Ich hatte ihm nichts getan. In der Umkleidekabine wartete ich auf den Kerl. Ich wollte mit ihm reden. Er lief arrogant an mir vorbei, eckte mich mit seiner Schulter an und lachte hämisch. Das war gemein.

Als der Typ duschen war, schloss ich die Tür zur Umkleidekabine. Ich zog mich nackt aus, ging zu ihm unter die dampfende Dusche, er bemerkte mich nicht, ich kam von hinten angeschlichen, packte seinen Hinterkopf, griff in sein lockiges Haar und schlug seinen Schädel mit voller Wucht gegen die weiße Fliesenwand. Seine Nase brach, das Blut floss. Er wurde ohnmächtig und ich drehte ihn auf den Bauch, um ihn zu vögeln. **>>Niemand steht über mir!<<**

***

Am Wochenende kuschelten Mama und ich am Abend zu unserer Lieblingssendung. Das Wochenende gehörte nur uns. Keine Männer. Keine Arbeit. Nur wir.

An einem Samstag, es war schon spät, wurde es für mich unangenehm. Es gab Chips und Cola zu meinem Lieblingsfilm Hot Shots. Mama streichelte meinen Kopf, weil ich mal wieder diese starken Kopfschmerzen hatte. Der Arzt sagte, es handelte sich bei meinen Kopfschmerzen um sogenannte Clusterkopfschmerzen. Die schlimmste Form von Migräne, von Kopfschmerzen allgemein.

Es ging mir nicht gut. An dem Abend explodierte mein Kopf regelrecht. Mama streichelte mich. Ich trug eine Boxershorts und ein schwarzes T-Shirt. Auf einmal bekam ich eine Erektion und einen leichten Samenerguss. Fast gleichzeitig. Ich zuckte und zitterte, doch Mama störte das nicht. Sie streichelte mich weiter. Wir redeten nie darüber.

***

In der Woche ging Mama meistens zeitig ins Bett. Durch ihren Beruf musste sie früh raus. Sie trug Verantwortung. Ich blieb oft länger wach und schaute mir viele Boxkämpfe im Internet an. Boxen ist ein toller Sport. Es geht um Regeln, aber auch um Macht. Ich liebte Boxen, mittlerweile liebte ich auch den Samenerguss.

In der 9. Klasse hatte ich eine Freundin. Das gefiel meiner Mutter nicht. Sie hatte etwas gegen dieses Mädchen. Ich mochte sie dann auch nicht mehr, aber sie war hübsch und hatte große Brüste.

>>Die ist nichts für dich<<, sagte Mama.

>>Alle Mädchen sind schlecht, mein Prinz.<<

>>Aber, Mama ...<<

>>Nichts, Mama ...<<

>>Ich habe NEIN gesagt!<<

>>Ich möchte das nicht. Ich will auch, dass du dich von den Mitschülern fernhältst.<<

>>Freunde sind SCHLECHT, mein Schatz!<<

>>Du hast mich, mein Sohn. Deine Mutter<<

Ich machte Schluss mit dem Mädchen. Ich wollte Mama nicht verärgern. Sie war nämlich beim Doktor, der zu mir sagte, Mama sei etwas krank und ich solle lieb und brav sein. Ich fand einen Brief in der Küche – da stand geschrieben:

Patientin verbirgt unbewusst ihr Minderwertigkeitsgefühl oder ihre Unzufriedenheit.

Ich wusste nicht, was das heißt. Ich sollte aber lieb sein, und das war ich.

Nun hatte ich keine Freundin mehr, doch alle meine Klassenkameraden redeten von Sex. Sie hatten angeblich alle schon Geschlechtsverkehr. Ich war der einzige, der noch Jungfrau war. Mama mochte nicht, dass ich traurig war. Sie merkte, dass mich das Thema bedrückte. An dem Abend, ich war schlecht gelaunt deswegen, sehr deprimiert, meine Mitschüler lachten mich wegen der Jungfräulichkeit aus, kam meine Mama zu mir ins Bett. Es war schon spät, und sie war nackt.

***

>>*Möchtest du etwas spielen, Josie?*<<

>>*Nein ...*<<

>>*Nicht antworten. Das mag ich nicht!*<<

>>*Vergiss das nicht.*<<

Josie lernte schnell. Nur nicken oder das Köpfchen schütteln.

Es war der zweite Abend, an dem die kleine, süße Josie bei mir war. Glücklich war ich. Wir saßen auf der alten Couch, die ich von Oma bekommen hatte. Ein rotes Sofa mit Blumenmuster. Schrecklich hässlich dieses Ding, aber Oma mochte es gut leiden.

Ich rutschte rüber zu Josie. Sie aß gerade einen Apfel und schaute eine Kinder-DVD auf meinem Laptop. Ich beobachtete Josie und lächelte.

Sie schaute den Film über Einhörner rauf und runter. Manchmal wollte sie etwas sagen. Sie hatte sich aber an unsere Abmachung erinnert und daran gehalten. NICHT REDEN. Stumm sein ist etwas Gutes. Sie war wirklich klug.

Wenn ich sie badete, war das ein Spaß. Josie hatte ganz weiche und leicht schimmernde, zarte Haut. Beim Baden flogen die seichten Planschgeräusche durch die Luft, ansonsten war es ruhig um uns herum. Einfach schön. Seifenblasen, Josie und ich. Herrlich.

Wenn ich zu meiner Mutti bin oder einkaufen musste, schloss ich Josie in dem Kleiderschrank ein. Dort hatte sie eine grüne, alte Flauschdecke, ihren Lieblingsfilm und den Laptop und reichlich zu trinken. Ich sagte ihr; sie müsse sich gut vor ihren bösen Eltern verstecken, die sie nicht mehr lieb hätten. Sie verstand, dass ihre Eltern böse Monster waren.

15 Der Morgen danach

Mit Tränen in den Augen wachte ich erschrocken auf. Ich hatte einen fürchterlichen Albtraum gehabt, doch es war gar kein schlechter Traum. Unsere Tochter war jetzt fast 24 Stunden vermisst. Und ich stand kurz vor einem Nervenzusammenbruch.

Als ich in die Küche ging, um meine Schilddrüsentablette einzunehmen, staunte ich nicht schlecht. Ein fremder Mann, kurzes, dunkelblondes Haar, Dreitagebart, schlief in meiner Küche.

Herr Steiner, der Polizist von gestern, der, der mir die schreckliche Nachricht überbracht hatte, lag mit dem Gesicht in der Obstschale und schnarchte.

>>Guten Morgen, Herr Steiner<<, weckte ich ihn auf.

Steiner hob sein Gesicht aus der Schüssel und öffnete langsam seine Augen.

>>Oha, wer hat das Licht angemacht?<<

>>Das Licht?<<

>>Es ist halb neun am Morgen, Herr Steiner!<<

>>Und überhaupt, wo ist mein Mann, und was machen Sie hier in meiner Küche?<<

Steiner guckte mich blinzelnd an.

>>Er pennt auf der Couch! Ich habe mit Ihrem Mann eine Spur gefunden!<<, rieb er sich die Augen.

>>Eine Spur?<<

>>Na ja, es kann nichts sein oder alles, Frau Perke.<<

***

Mit der Nachricht rannte ich sofort ins Wohnzimmer und rüttelte meinen Mann wach.

>>Schatz, aufstehen!<<

>>Ich habe mit Herrn Steiner gesprochen, ihr habt einen Hinweis gefunden?<<

>>Geht es Josie gut?<<

Peter schaute mich verschlafen an.

>>Was? Wer?<<

>>Schatz, wir wissen nicht wirklich, wo uns das hinführt.<<

>>Ist der noch hier?<<, fragte mich Peter.

>>Ja, in der Küche!<<

Ich war aufgeregt.

***

Beide setzten sich auf den Balkon, tranken wortlos eine Tasse Kaffee und starrten vor sich hin. Steiner griff zu einem Glimmstängel, zündete sich die Kippe an, rauchte schnell und schickte Peter zu mir.

Peter lächelte mich an, gab mir ein Küsschen und das Gefühl, dass alles in Ordnung sei. *>>Ich finde unsere Tochter!<<* Und dann verschwanden sie wieder.

Erschöpft weckte ich unseren Sohn Micha. Micha öffnete zaghaft, verschlafen die Augen.

>>Mama, er war wieder da!<<, flüsterte Micha leise.

>>Wer war wieder da?<<, wollte ich wissen.

>>Mama, der gruselige Schatten war wieder da, hast du ihn nicht mitbekommen?<<

>>Und diesmal stand er vor meinem Bett.<<

Als mir Micha davon erzählte, hielt er sich voller Scham an seiner Bettdecke fest. Durch das Gezottel an der Decke stieß der beißende Geruch von Urin in meine Nase. Micha hatte vor Angst eingepullert. Mir reichte es.

>>Komm, pack deine Sachen, wir verschwinden!<<

16 Alles oder nichts

Perkes Handy klingelte. Eine WhatsApp von Sabine. Zögernd blickte er auf das aufleuchtende Display.

Schatz
Sind bei deiner Mama. Micha erzählte mir, dass der Schatten letzte Nacht vor seinem Bett stand. Das ganze Bett war nass. Ich liebe dich. Melde dich!

***

>>*Was für eine schöne Nacht!*<<, atmete Steiner tief ein.

Die Geräuschkulisse der vorbeifahrenden Autos auf der Hochstraße hinter ihnen rauschte und zischte. Die Nacht war klar. Sternenklar. Den ganzen Tag hatten die Männer nach weiteren Hinweisen gesucht.

>>*Kann sein ...*<<, stammelte Perke vor

sich hin, während er mit der linken Schuhspitze einen alten Kippenstummel auf dem Gehweg zerknetschte.

Seit der Entführung und der Erkenntnis, dass der Täter sogar bei ihm zu Hause gewesen war, lebte der Familienvater in Angst. Ihn plagten Schuldgefühle. Hätte er eher auf seinen Sohn Micha und die Geschichten über den ominösen Schatten hören sollen? Und wo war Josie? War sie noch am Leben?

>>*Über die Nacht mache ich mir gerade keine Gedanken*<<, fügte Perke hinterher und trat den Stummel weg.

>>*Ich ... ich wollte dich eigentlich nur etwas ablenken*<<, sprach Steiner leise.

>>*Immerhin sind wir schon ein gutes Stück weiter.*<<

>>*Aber ich kann dich verstehen!*<<

Eine Diskothek. Vor dem Club auf der gegenüberliegenden Straßenseite blieben sie stehen. Es war dunkel. Fast jede zweite Laterne war defekt, blinkerte nur hin und wieder kraftlos. Sie standen günstig, unauffällig.

Angelehnt an eine alte Mauer, beobachteten sie das Geschehen vor der Disco. Löwenzahn und ein weiteres Stück Grün brachen durch die verputzten Fugen der Mauer, die Stein auf Stein zusammenhielten, als würden sie aus grauer Knetmasse bestehen.

Es herrschte Partylaune. Menschenansammlung. Laute Techno-Mucke fegte über die Straßen, sobald die Tür zum Club sich öffnete und jemanden herauskam oder ins Innere ging. Gemeinsam schauten die Männer noch einmal auf die Homepage Bunteblumen.com. Da stand geschrieben, *Treffen uns wie üblich im bunten Stier.*

>>Ich verstehe das nicht, Steiner.<<

>>Das ist eine Schwulendisco!<<

Was die ausschließlich vielen Männer erklärte, die in einer langen schnatternden Schlange anstanden und auf Einlass warteten. Bunte Gestalten, mit wuscheligen Klamotten und auffällig blinkenden Hütchen.

>>Was machen die Penner hier?<<, wütete Perke weiter.

>>Deswegen sind wir hier, Partner.<<

>>Partner?<<

>>Ja, Partner!<<, sagte Steiner stramm.

>>Sind wir doch, oder nicht?<<

>>Komm, wir gehen deine Tochter suchen! Auf in die Nacht!<<

***

Vor dem Club herrschte wildes Gedränge. *>>Ey, was seid ihr für Nasen? Vordrängeln ist nicht, Süßer<<*, nörgelte es aus der Besucherschlange. Ein Türsteher baute sich vor Steiner auf. Der Beamte warf einen starren Blick über seine Schulter, guckte dem meckernden Gast in die Augen; *>>Beruhig dich, Schnucki! Ich bin ein V.I.P.<<*

Dem Security gegenüber war Steiner nicht so freundlich. Er fühlte sich leicht bedrängt von dem Schrank. Steiner drückte ihm den Dienstausweis vor die Nase. *>>Hier, du Busfahrer, mein Schülerausweis.<<* Sie spazierten hinein.

Im Club blieben beide plötzlich stehen. Lasershows, 90er-Jahre-Techno, es lief gerade „Somewhere over the Rainbow" von Marusha. Hunderte Männer, leichtbekleidet, hüpften durch ein drei mal drei Meter großes

Planschbecken, welches mit rosa Schaum befüllt war.

>>*OMG ...*<<, musste Steiner schlucken.

>>*In was für einer Muppet Show bin hier nur gelandet?*<<

Laute Musik verschluckte das eigene Wort. Das bisschen Licht, das die Bar-Theke in den Raum warf, vermischte sich mit Wolken aus Parfüm, herumwirbelndem Schaum und Zigarettenqualm. Das Gekreische und Gequake erwachsener Männer machte den Beamten sprachlos.

>>*Schwule riechen gut*<<, stellte Steiner verwundert fest.

Perke musste kurz lachen. >>*Bin ich jetzt schwul, oder was?*<<

An der Bar wurden die zwei Männer vom Keeper angesprochen.

>>*Nein, ihr seid aber ein paar hübsche Burschen!*<<

>>*Danke, Chantal.*<<, warf Steiner dem Barkeeper zu.

>>*Lass mal zwei Bier rüberwachsen, du Saftschuppse.!*<<

Im selben Moment vibrierte das Handy. Ein neuer Eintrag.

k.w.1988

*Hi,
was ihr in den Zeitungen gelesen habt, stimmt. Ich habe den kleinen Robin erwischt, seine Zunge habe ich behalten. Der Bengel wollte die Spielregeln nicht einhalten. Das machte mich verrückt. Aber, wisst ihr was, ich habe eine süße kleine Freundin gefunden. Heute essen wir zusammen Pizza. Ich hoffe, ihr habt Spaß. Ciao*

markstark23

*Hi, **k.w.**, bin im bunten Stier. Kommst noch vorbei? Ich würde mich freuen.*

Innehalten und tief einatmen. Wut brach in ihm aus. Wie ein schmerzhafter Abszess, der kurz vor dem Explodieren war. Robin ... ihm wurde schlecht. Steiner sah die eben gepostete Antwort von markstark23 und schaute sich detektivisch im Club um. Der Schaum flog durch die Luft, doch Steiners Adleraugen entging nichts.

Neben den Toiletten, direkt am Ausgang, stand ein nervös wirkender junger Mann mit einer gepflegten Seitenscheitel-Frisur unter dem leuchtenden EXIT-Schild. Sein Haar glitzerte. Der Typ war dünn. Er hielt ein Handy in der Hand und blickte zuckend, angespannt durch den Raum. Steiner fiel sofort die straffe Körperhaltung des Mannes auf. Schritt für Schritt ging er rüber zu ihm und drückte sich durch die tanzende Menschenmasse.

Als der unruhige Typ den Beamten bemerkte, stürzte er wie von einer Tarantel gestochen davon, Richtung Ausgang. Dabei kollidierte er mit zwei Lesben. Eine der Damen machte einen leichten Schulterhieb und der Kerl flog zu Boden.

Im Eifer des Gefechts ließ er sein Handy fallen. An den Toiletten angekommen, hob Steiner das Mobilfunktelefon auf. >>*Glücksstreffer!*<< Der Beamte tippte auf das Display. >>*Super, keine Tastenkombination*<<, murmelte Steiner. >>*Was für ein Idiot.*<<

Ein paar Klicks hier, ein paar Apps da, und Steiner fand einen verschlüsselten Ordner.

>>Simsalabim ...<< Die Ziffern 1 2 3 4 eingetippt, und siehe da, so verschlüsselt war der Ordner gar nicht.

Aus Erfahrung wusste Steiner, dass diese simple Tastenkombination sehr häufig im Umlauf war. Er vermutete, dass jeder sechste Bürger mit dem Passwort 1234 etwas zu schützen versucht.

Erfreut über seinen Erfolg, tastete er sich langsam durch das fremde Telefon. Der Inhalt jedoch sollte Steiner zutiefst erschüttern. 244 Fotos und 65 Videos und schon die ersten Bilder ließen der Ermittler erstarren.

Schockiert über das Ausmaß des Gefundenen, ging er sofort zur Bar rüber, wo Perke geistesabwesend an einem Bier zugange war. Er packte dessen linken Arm und zog ihn aus der Disco.

>>Wir müssen gehen<<, sagte Steiner aufgeregt.

>>Streitet euch nicht, Ladys ...<<, rief der Barkeeper hinterher und wischte die Theke ab.

***

Mit schnellen Schritten liefen beide zum Auto rüber.

>>Was ist denn los?<<, wollte Peter wissen. Steiner schaute ihn knorrig an.

>>Setz dich rein ...<<

Im Auto holte Steiner das gefundene Handy aus der Hosentasche, legte es Perke auf den Schoß und im gleichen Atemzug warnte er den jungen Vater vor dem Inhalt.

>>Was du jetzt gleich sehen wirst, wird dir das Blut in den Adern gefrieren lassen.<<

>>Was ist das?<<

>>Das hat der Typ verloren, den ich vor dem Klo stehen sah<<, antwortete Steiner aufgelöst.

>>Hast du ihm das Handy abgezogen?<<

>>Nein, das hat er verloren!<<

Perke hielt inne.

Er traute sich nicht, es einzuschalten. Was, wenn er etwas auf dem Telefon finden würde, das seine schlimmsten Albträume wahr werden lassen würde? Doch dann streifte er zögernd über das Display des Telefons.

>>Ach, du Scheiße!<<

Sie scrollten und kopierten. Insgesamt fanden beide Männer vierundzwanzig Fotos mit Motiv Familie Perke, davon waren vierzehn Bilder mit Josie, die restlichen Fotos zeigten seinen Sohn Micha, wie er in seinem Bett lag und schlief. Doch nicht nur Perke und seine Familie waren im Fokus dieses Perversen, auch Luke Steiner war augenscheinlich ins Visier geraten. Bilder zeigten den Beamten, wie er aus seinem Auto ausstieg, mit der Kindergartenleiterin sprach. Sie zeigten Steiner, wie er in Sabines Obstschale schlummerte. Und sie zeigten den Beamten mit Perke, wie sie abends den Kindergarten und den Garagenkomplex absuchten.

>>Wir wurden von Anfang an beobachtet?<<, sagte Steiner schockiert.

>>Der war tatsächlich bei mir zu Hause!<<, schrie Perke.

>>Der hätte uns töten können!<<

***

Steiner kurbelte fassungslos das Fenster

runter, um sich eine Kippe anzuzünden.

>>Ich muss hier raus ...<<, fluchte Perke verstört und öffnete die Beifahrertür.

>>Ich glaub, ich spinne!<<, motzte Steiner.

>>Da ist der Kerl aus dem Club, dessen Handy ich habe.<<

Perke warf einen zögernden Blick auf die andere Straßenseite. Er erkannte die Person nicht. Luke Steiner schnipste die gerade angezündete Zigarette weg, öffnete die Autotür und ging zielstrebig auf den Typen zu. Perke folgte abstandhaltend.

Es dauerte keine zwei Sekunden und der Kerl mit dem gegelten Seitenscheitel entdeckte die beiden Männer. Er flüsterte dem Türsteher, der wie ein Stier vor der Tür stand, etwas in das Ohr und verschwand im Club.

>>Du hältst dich im Hintergrund!<<, befahl er Perke.

>>Hier wird es gleich richtig hässlich werden.<<

Steiner trat auf den Bordstein. Der Türsteher, ein Meter neunzig groß, mit Armen, so mächtig wie die Oberschenkel des Beamten, machte einen kleinen Schritt nach vorne, lächelte doof und stieß Luke Steiner mit der Innenhand-Fläche gegen die Brust.

>>Du nicht, mein Freund!<<

Steiner lachte.

>>Hat der Glatzkopf mich gerade Freund genannt?<<

Perke wurde unwohl. Im Falle einer Schlägerei wäre er keine Hilfe gewesen. Adrenalin schoss durch seinen Körper.

>>Ey, du Eiweißprinzessin, nur meine Mama darf mich so nennen!<<, schnauzte Steiner den Türsteher an und boxte zurück.

Der Riese schüttelte sich kurz. *>>Deine Mama hat mir das aber erlaubt, du Clown ...<<*, sagte er lachend und griff sich in den Schritt.

Steiner schaut zu Perke rüber.

>>Hast du das gehört?<<

>>Der kleine Wichser kennt meine Mama ...<<

Der Beamte ging einen Schritt zurück, zog seinen Ledermantel aus und nahm den Ehering ab. Er hing an dem Ring. Er hasste seine eigene miesepetrige Art, mit der er seine geliebte Frau vergrault hat, wenigstens blieb ihm der Ring.

>>*Peter* ...<<, schrie er, und im gleichen Atemzug schlug er dem Bären von einem Portier mit der rechten Faust in das Gesicht.

Der Macker ging zu Boden. Wie ein nasser Sack.

>>*Oh, du schläfst schon. Schade* ...<< Er beugte sich über den in Embryonalstellung liegenden Typen. >>*Gute Nacht, Prinzessin*...<<

>>*Komm, Peter, wir müssen heute keinen Eintritt zahlen!*<<, sagte Steiner, und beide Männer verschwanden noch einmal in der Diskothek.

Im Club steuerte Steiner geradewegs auf den jungen Mann zu, dessen Handy er hatte. Dieser stand, mit einem Glas Schnaps in der Hand, angelehnt an einer Säule und flirtete mit einem älteren Herren. >>*Mitkommen, Süße! Jetzt wird geplaudert.*<<.

Der Typ griff sich zwei Mal in sein gegeltes Haar und fauchte den Beamten an; >>*Ey! Ziehen Sie nicht so an mir herum.*<< Steiner packte den Wicht unsanft und schob ihn vor sich her.. >>*Halt dein Maul. Wo wir jetzt hinfahren, brauchste keinen Spiegel.*<<

17 Untergetaucht

Wir waren jetzt schon zwei Stunden bei Oma. Ich bin gerne bei meinen Großeltern. Landsberg ist ein tolles Fleckchen. Landluft, unberührte Natur. Opa hatte vor einigen Jahren einen großen Pool hinter dem Haus gebaut. Darüber freue ich mich im Sommer am meisten.

>>*Komm, mein Großer, bring deinen Koffer aufs Zimmer, und dann wird erst einmal etwas gegessen*<<, sagte meine Oma lächelnd zu mir. Sie bereitete mein Lieblingsessen zu. Mit Käse und Hackfleisch gefüllte Paprikaschoten. >>*Ich könnte mich reinsetzen ...*<<

Oben im Zimmer kippte ich das Fenster an. Es war sehr schwül und drückend. Mein Handy vibrierte. Eine Nachricht von Papa.

Papa
Hab dich lieb, mein Schatz. Ich komme bald zu euch.

Ich war glücklich über Papas Nachricht. Mir

fehlte meine Schwester. Mein Papa suchte schon seit fast vier Tagen nach ihr, und in der Zeit habe ich ihn vielleicht gerade mal drei Stunden gesehen, wenn es hochkommt. Ich fand es aber richtig cool von ihm, dass er sich auf die Suche nach Josie machte. Wie ein Superheld.

Für mich war das Verschwinden meiner Schwester irgendwie komisch. Unwirklich. Manchmal, da habe ich den Kopf geschüttelt, wenn ich an Josie dachte. Wie ein nasser Hund, der gerade aus dem frischen See gerannt kommt und sich am Ufer trocken schüttelte. Ich begriff den Ernst der Lage – und doch war ich mir der Gefahr nicht wirklich bewusst.

Beim Mittagessen, wir saßen alle in der Stube an dem großen Tisch, schaute ich mir die alten Fotos von meinem Papa an, die an der Steinwand hingen.

>>*Er war mal blond*<<, sabbelte ich vor mich hin.

>>*Was hast du gesagt?*<<, fragte mich meine Mutter.

Ich schaute verlegen in die Runde.

>>*Nichts! Papa hatte mal blonde Haare*

...<<, fügte ich hinzu.

Opa musste lachen.

>>*Ja, Micha, dein Papa hatte mal blonde Haare. Und im Winter waren sie dunkelbraun.*<<

Ich kratzte mich am Kopf. Warum mein Papa im Sommer blonde und im Winter braune Haare hatte, habe ich nicht kapiert. Ich wollte aber auch nicht nachfragen. Wenn man mit Opa eine Unterhaltung vertieft, werden aus einer Stunde ganz schnell neun Stunden. Darauf hatte ich keine Lust gehabt.

***

Der Nachmittag verging wie im Flug. Oma und Opa saßen auf der Terrasse und genossen die Sonnenstrahlen bei einem Stück Apfelkuchen und einer heißen Tasse Tee – und Mama kniete am Beet und kümmerte sich um die Pflanzen. Meine Großeltern hatten einen Kirschbaum im Vorgarten stehen, und rings um den großen Schattenspender, wie um die saftig grüne Rasenfläche vor der Terrasse, ein Meer aus Blumen in allen Farben.

Geranien in Pink, Pelargonium in Rosa, Lavendel in Lila und Rosen in Gelb, Rot und Weiß.

Ich saß am Pool hinter dem Haus und beobachtete mein blaues Handtuch, wie es im Strandkorb neben dem kleinen Poolhaus in der Sonne trocknete. Mir war klar, dass alle über Josies Verschwinden Bescheid wussten und traurig waren, aber niemand sprach darüber. Zumindest nicht in meiner Gegenwart.

Als die Sonne sich langsam hinter den graublauen Wolken versteckte, die am Himmel entlangzogen, verkrümelte ich mich auf mein Zimmer. Eigentlich Papas altes Jugendzimmer.

Ich lag mit dem Rücken auf der Schlafcouch, die Füße stützte ich an der Wand ab, und mein Kopf hing von der Couch herunter. *>>Seitenverkehrt ...<<*, dachte ich nur, als ich plötzlich unter dem Schreibtisch etwas entdeckte.

Ich drehte mich auf den Bauch und schaute auf Papas alten Schreibtisch. Ein irres Ding. Ein massiver, rötlich schimmernder Schreibtisch. Noch nie zuvor hatte ich mir Gedanken über das Möbel gemacht. Papas alter Computer stand noch drauf, damit schrieb er mit siebzehn Jahren sein erstes Manuskript – so viel wusste ich – doch nun hatte der Tisch meine volle Aufmerksamkeit.

Hinter der Schreibtischschublade hing ein Stück Band herunter. Es war mir noch nie aufgefallen. Oma und Opa wussten davon bestimmt auch nichts. Bei genauerer Betrachtung stellte ich fest, dass es Klebeband war, und dieses alte, vergilbte Band hielt etwas an der hinteren Seite der Schublade verborgen.

Ich griff vorsichtig hinter den Kasten und ertastete ein Buch. Ich riss es ab. Neugierig setzte ich mich auf die Schlafcouch und schlug es ehrfürchtig auf. Es war Papas Tagebuch.

>>Willst du noch etwas zum Knabbern?<<, plötzlich stand meine Oma im Zimmer. Ich versteckte das Buch unter dem Kopfkissen. *>>Nein, danke!<<*, antwortete ich und sagte meiner Oma: *>>Ich komme nachher noch Gute Nacht sagen ...<<*

Ich schlug die Seiten auf.

Heute war mal wieder so eine komische Nacht. Seltsame Geräusche hielten mich wach. Als würde jemand hinter mir stehen.

Meine Atmung verlangsamte sich. Ich verspürte Angst und zugleich Neugierde. Ein Schatten spazierte durch mein Zimmer. Ich bin ratlos. Mit Mama oder Papa kann ich nicht reden.

Die Hunde bleiben knurrend vor meiner Tür stehen. Ich weiß nicht mehr weiter. Der Schatten ist da. Mir hat er aber noch nichts getan.

Das Telefon klingelte ...

18 Alte Fabrik

Im alten Schlachthof, an der Freiimfelder Straße, ein geheimnisvoller, vergessener Ort, der seit 1992 stillstand, seit siebenundzwanzig Jahren nahezu unberührt war, stellte Steiner sein heißgeliebtes Auto auf dem sechsundsechzigtausend Quadratmeter großen Areal ab. *>>Wir sind da!<<*

Ein von Dreck und Plastik überquellendes, zugewuchertes Gelände zeigte sich den drei Männern. Mehrere Brände hatten dem Backsteingemäuer in den letzten Jahren stark zugesetzt. Er zog den Typen, der jämmerlich wie am Spieß schrie, an den Haaren in das Hauptgebäude.

Die Halle glich einer Mülldeponie. Menschliche Hinterlassenschaften, Papier wehte herum. Während Steiner den jungen Mann mit seinen Handschellen an einem alten rostigen Stuhl festkettete, schaute sich Perke verstört um.

>>Was machen wir hier?<<

Steiner lachte. *>>Jetzt werden wir deiner*

Tochter das Leben retten!<<

Der Kerl auf dem Stuhl trug ein rosafarbenes Muskelshirt und ein weißes Bandana um sein linkes Handgelenk. Sofort fing er wieder bitterlich mit Heulen an. Er jammerte wie ein Hase, der sich in einer Bärenfalle verfangen hatte.

In dem alten Schlachthof war es kühl. Wind zog durch die verlassenen Räumlichkeiten. Eine milchige Plane, verschmutzt und mit Fäkalien beschmiert, trennte den Nebenraum als Türblattersatz ab.

>>Seit siebenundzwanzig Jahren ist das schon eine Ruine<<, sprach Steiner eindrucksvoll. Wie ein Stadtführer. *>>Hier hört dich keiner weinen, Prinzessin!<<*

Kaputte Fenster, soweit das Auge reichte. Roter Backstein, von der Zeit und den zahlreichen Bränden gezeichnet und von Graffiti-Sprayern beschmiert. Ein Gebäude, welches in einem Horrorfilm punkten würde.

***

>>So, nun wirst du uns alles erzählen, was

du über den Spinner k.w.1988 weißt<<, forderte Steiner ihn auf.

>>Warum hast du Fotos von uns auf deinem Handy?<<

>>Und was noch viel wichtiger ist, WO IST JOSIE?<<

Der Typ flennte leise vor sich hin. Seine Nase lief und Blut glitschte auf seine Hose. Steiner hatte ihn schon mal vorsorglich verdroschen, ihn weichgeklopft, wie er sagte.

>>Ich weiß von nichts<<, jammerte der Dünne.

Perke wurde wütend und hielt ihm das Handy unter die Nase.

>>Warum hast du Fotos von meiner Familie auf deinem Telefon?<<

Der Typ grinste plötzlich. Er spuckte Blut auf den staubigen Hallenboden.

>>Von mir erfährst du nichts.<<

Vor Steiners Füßen lag eine tote Ratte, die er mit dem linken Fuß unauffällig hinter den Stuhl schob. Plötzlich kam ihm die zündende Idee.

Er gab Perke ein Zeichen, dass er mit ihm

kommen sollte.

Steiner hob die Ratte unauffällig auf, dann ging er gemeinsam mit Perke in den Nebenraum, um ihn in seinen Plan einzuweihen.

Fünf Minuten später. Perke kam allein zurück. Er drückte mit einer Hand die dreckige Plane beiseite und ging auf den nervös auf dem Stuhl herumzappelnden Typen zu. Steiner hingegen bog rechts ab und zog seinen Autoschlüssel pfeifend aus der Jackentasche. Er pfiff das Lied *London bridge is falling down*.

>>*Wo will der hin?*<, seufzte der Typ.

Perke lächelte nur.

***

Steiner hatte keine Lust mehr auf diese Schmierenkomödie. Luke Steiner nahm sein Zippo zur Hand, drehte gekonnt an dem kleinen Rädchen und hielt dem Spinner die lodernde Flamme vors Gesicht.

>>*Wenn du nicht sprichst, werde ich dir*

Schmerzen zufügen<<, drohte er und zerriss dessen T-Shirt.

>>Spürst du die Flamme auf deiner Haut, stinkt es bitterlich nach verbranntem Fleisch und es fühlt sich sehr kalt an. Kalt wie Eis.<<

Perke stand mit der toten Ratte und einer polierten Eisenstange unbemerkt hinter dem gefesselten Typen. Der junge Kerl schwieg noch immer wie ein Grab. Man konnte ihm zwar die Angst ansehen, aber er machte immer noch auf dicke Hose.

>>Ihr könnt mich mal ...<<, spuckte er beiden vor die Füße.

Steiner hatte die Schnauze endgültig gestrichen voll.

>>Legen wir los ...<<

Er betätigte sein Sturmfeuerzeug, die Flammen schossen auf. *>>Siehst du das ...?<<*

Perke drückte die Eisenstange auf die Haut unterhalb des linken Schulterblatts. Zur gleichen Zeit kokelten beide Männer das vergammelte Fleisch von der toten Ratte mit dem Zippo an. Ein widerlicher Gestank zog in die Nase und ein kalter stechender

Schmerz breitete sich auf seinem Rücken aus.

>>O, mein Gott ... Ihr Wichser ...!<<, schrie der Typ und machte sich vor Angst in die Hose. Er zappelte und sprang auf dem Stuhl ängstlich herum.

>>Hört auf, mich zu verbrennen!<<

>>Ich sage euch, was ihr wissen wollt, nur hört bitte damit auf!<<, zappelte er auf der kaputten Sitzgelegenheit herum.

***

Weinerlich fing er mit Reden an. Er erzählte, was er wusste.

>>Ich habe ihn in diesem Chat für Schwule kennengelernt. Wir haben uns dann einmal im bunten Stier getroffen. Nach ein paar Bier verschwanden wir gemeinsam auf dem Klo. Dort habe ich ihm einen geblasen. Er hatte mir gesagt, dass ich schlecht im Lutschen bin, aber ich weiß, dass er mich liebt. Schließlich hat er mich zu seinem Helfer gemacht. Weil er mich liebt und mir vertraut.

Ich kenne seinen Namen nicht. Ich weiß aber, dass er Kindern nichts Gutes wünscht. Ich weiß auch von den Morden ...<<

>>Morden?<<, hakte Steiner nach.

>> ... Ja! Sechs Morde insgesamt. Na ja, der Typ, mit dem er eine Affäre hatte, der musste einfach weg, hat er mir erklärt. Bestimmt, weil er mich liebt.<<

>>Was ist mit meiner Tochter, warum wir?<<, wollte Perke wissen.

>>Nun ja, du bist ihm ein Dorn im Auge. Er mag dich nicht. Er kann deine Frau nicht leiden. Aber deinen beiden Kindern kann er sehr wohl etwas abgewinnen. In deine Tochter hat er sich verliebt. Er liebt sie auf eine ganz besondere Weise.<<

Perke holte aus und schlug dem Widerling ins Gesicht. Steiner hatte zu tun, den Familienvater zu bändigen. Noch nie zuvor hatte er jemanden geschlagen. Nicht einmal einen Käfer zerdrückt. Jetzt war er von kalter Wut gesteuert.

Kurz das Blut ausgespuckt, sprach der Schmächtige weiter.

>>*Deine Tochter ist in Sicherheit. Noch! Deinen Sohn beobachtete er regelmäßig in der Nacht beim Schlafen. Ihm geht da einer ab. Er findet das so GEIL. Aber du störst. Du und deine ach so tolle Bilderbuchfamilie und deine glanzvolle Karriere. Er mag dich nicht*<<, lachte er höhnisch.

>>*Was habe ich ihm getan? Ich kenn ihn nicht!*<<

>>*Nein, du kennst ihn nicht. Aber seine Mutter kennt dich, und ihr kennt sie auch. Wie sollte er auch sonst so ein leichtes Spiel haben? Denk mal drüber nach ...*<<

19 Hinweis

Steiner

Wir fuhren noch einmal zum Kindergarten. Es brannte in meiner Brust. *>>Irgendetwas habe ich übersehen!<<*, auch wenn das nicht sein konnte. Es war grotesk. Ich mochte dieses Gefühl nicht – wie damals bei dem kleinen Robin. Genau derselbe, tiefsitzende Schmerz. *Nicht noch einmal!*

Der Junge verfolgte mich immer noch. *>>Komm von deinem hohen Ross runter, wir alle übersehen manchmal ein Puzzleteil.<<*

Das Telefon von dem Typen behielt ich. Schmalzlocke selber saß in Untersuchungshaft. Bei der Vernehmung faselte er etwas von Folter in einer verlassenen Halle. Perke und ich hätten ihn angeblich verbrannt. Ein Psychologe wurde hinzugezogen.

Der Türsteher erstattete keine Anzeige. Sein Ruf stand auf dem Spiel. Das kurze Schläfchen, welches er ungewollt vor seiner Tür gehalten hatte, war einer Massenschlägerei geschuldet, so seine Aussage. Kein Märchenonkel für die Grundschule aber Talent zum Lügen besaß er, keine Frage.

Mittags. Vor der Kindertagesstätte schauten wir uns noch einmal um. Frau Weber war gerade dabei, Flugblätter mit dem Konterfei des vermissten Kindes auszudrucken. Sie bemerkte uns nicht. Sie hatte sich auch keine Einverständniserklärung für die fotografische Veröffentlichung von Perkes Tochter geben lassen. Ich bat Peter darum, sich noch einmal genauer umzuschauen, während ich mich mit den Erziehern unterhalten wollte. Ein Stückchen Normalität kehrte wieder in der Kita ein.

Es dauerte keine zwei Sekunden, da stand Frau Weber schon in Reichweite und hatte mich anvisiert. *Nicht die schon wieder.*

***

>>*Huhu ...*<<, rief sie winkend zu uns herüber.

>>*Herr Perke, mein Beileid, ähm, wo habe ich nur meine Gedanken? Es tut mir sehr*

leid, was mit Josie passiert ist, meinte ich ...<<

>>Ja, danke!<<

>>Wieso Beileid?<<, dachte er sich.

>>Wollen Sie sich noch einmal hier umschauen, Herr Steiner?<<

Ich nickte und drehte der Affektierten den Rücken zu. Wie Erdbeereis mit Zwiebeln. Ich mochte diese unsympathische Person nicht. *Die könntest du mir nackt auf den Bauch binden. Nichts würde passieren, Peter!*

>>Du nun wieder ...<<, flüsterte Perke leise.

>>Sie können sich ruhig noch einmal umschauen<<, öffnete die Webern uns das Gartentor und lächelte mich gierig an.

>>Leider muss ich gleich los. Mein Sohn Kai holt mich mit dem Auto ab. Ein wahrer Schatz. Ich muss noch zur Apotheke. Seit sich meine Jüngste auf dem Spielplatz am Kopf verletzt hatte, leidet sie unter Migräne.<<

Die Frau war soooo anstrengend.

***

>>Oh, wie ich diese Frau hasste.<<

Ihr Lachen schmerzte in meinen Ohren, wie ein Eispickel, den man mir ohne Vorwarnung in den Gehörgang hämmerte – und ihr dummes Getue brachte mich auf die Palme. Die Kinder der Einrichtung taten mir leid. Selbst ihre Kolleginnen rollten mit den Augen. So eine narzisstisch veranlagte Person hatte ich noch nie kennengelernt.

Sie war sich selbst die Nächste, eine Frau, die ihren Posten nutzte, sich gerne präsentierte und jeden um den Finger wickeln wollte, um an ihr Ziel zu kommen. Eine giftige Schlange, die man aus dem Terrarium gelassen hatte.

>>Ist dir etwas aufgefallen, Peter?<<

>>Hää ... wieso?<<

>>Hörst du der alten Schachtel nicht zu, oder was? Und wie die über ihren Sohn spricht.<<

>>Doch, Luke. Warum?<<

>>Ciao, Frau Weber. Haben Sie besten

Dank ...<<

>>Komm, wir gehen. Wir haben uns genug umgeschaut. Ich glaube, ich hab's! Ich erkläre dir alles im Auto!<<

Die Alte stand am Tor und unterhielt sich mit einem kleinen Mädchen, das Josie ähnelte. Wir gingen durch den grünen Terrasseneingang, durch die Äffchen-Gruppe.

>>Dreh dich nicht um, aber der Drachen beobachtet uns. Lauf einfach weiter.<<

Beim Verlassen des Geländes lief die freundliche Erzieherin vom letzten Mal an uns vorbei. Sie rempelte mich an, spazierte direkt in meine Arme, um ein Malheur vorzutäuschen.

>>Webers Sohn hat hier mal als Hausmeister gearbeitet<<, flüsterte sie mir ins Ohr, ging weiter und entschuldigte sich, gut hörbar auch für die Webern, für ihre Unachtsamkeit.

***

Im Auto zählte ich bis zehn. Ich war kurz

vor einem Schlaganfall. Die Alte pisste mich so richtig an. Ich kurbelte die Scheibe runter und zündete mir eine Kippe an. Minuten der Ruhe. Ich musste meine Gedanken sammeln.

Mit Genuss zog ich an der Zigarette, und im gleichen Atemzug schossen mir die Worte von meinem Arzt durch den Kopf. Klar, das Rauchen ist eine echt beschissene Angewohnheit, doch einen Schokoriegel hatte ich gerade nicht zur Hand.

>>*Nun sprich, Luke*<<, forderte mich Perke auf.

>>*Ja, pass auf ...*<<

>>*Weißt du, was mir gerade durch den Kopf geht?*<<

>>*Luke, komm auf den Punkt. Ich will meine Tochter wieder in die Arme schließen!*<<

>> *... ist dir der Name Weber ein Begriff, also ohne jetzt ... Ich weiß, sie ist Josies Erzieherin.*<<

Ich wollte Peter keine falschen Hoffnungen machen, aber ich verließ mich auf mein Bauchgefühl. Irgendwas passte nicht zusammen.

>>*Ähm, Nein! Warum?*<<, stotterte Peter.

>>Das kann eigentlich nicht sein, aber mein Gefühl sagt mir, dass die Webern irgendetwas mit dem Verschwinden deiner Tochter zu tun hat. Sie war komischerweise die Einzige auf dem Hof an dem Tag des Geschehens.<<

>>Nein, das glaube ich nicht!<<, sagte Peter energisch, und doch schaute er mich verdutzt an.

>>Doch! Überleg mal, Frau Weber arbeitet in einem Kindergarten. Ihr Sohn, so wurde mir gerade von der einen Kollegin zugetragen, die mich absichtlich anrempelte, hat angeblich mal als Hausmeister hier gearbeitet.<<

Und plötzlich traf mich der Schlag.

>>Peter, vor zirka drei Monaten, du wirst bestimmt von dem Fall des vermissten Robin P. gehört haben ...<<

>>Ja ...<<, antworte Perke hellhörig.

>>Das stand in allen Zeitungen!<<

>>Nun, der Junge war mit einer Frau Weber und deren beiden Töchtern auf dem Baschkirischer Spielplatz. Und weißt du was, eine der beiden Mädels hatte sich am Kopf

gestoßen. Auf einer Schaukel. Und in diesem Zeitfenster verschwand Robin. Ein Mann wurde gesehen. Blond, schlank, 1.75 cm groß und genau so ein ähnlicher Typ, nur die Klamotten stimmten nicht, wollte mir am Tatort erzählen, wohin der angebliche Mörder mit Robin verschwand.<<

>>Töchter ...?<<, wunderte sich Perke.

>>Ja, und eine hat Migräne, sagte sie vorhin.<<

Ich googelte nach der Hausmeister/Reinigungsfirma.

***

Perke

>>Kann das sein?<<

Mir schossen tausend Gedanken durch den Kopf. Ich rief sofort meine Frau an, um ihr mitzuteilen, wie der Ermittlungsstand ist.

>>Schatz, du wirst es nicht glauben!<<

>>Was ist los, habt ihr eine Spur von Josie?<<

>>Mehr als das! Steiner hängt sich an die Webern.<<

>>An Josies Erzieherin?<<

>>>Ja, genau ...<<

In Gedanken ging ich die letzten Stufen hoch. Ich hatte mir fest vorgenommen, Josie mit dem Puppen-Traumhaus zu überraschen, welches sie sich von mir gewünscht hatte. Allerdings schob ich diese Überraschung seit zwei Wochen vor mir her.

Ich weiß auch nicht, warum ich ihr das Haus noch nicht gekauft hatte. Nicht, dass ich etwa keine Zeit gehabt hätte. Ich fand immer einen anderen Grund, der mich davon abhielt. Ich bereute es nun zutiefst. Alles hätte sie von mir bekommen, wenn ich sie nur wieder in meine Arme schließen könnte.

Josie hatte mir beim Frühstück von dem Spielhaus erzählt. Sie sah es in einer TV-Werbung und wusste sofort, dass sie dieses Puppenhaus unbedingt haben musste. Ich hatte natürlich keine Ahnung, von welchem Häuschen sie gerade sprach, sie redete auch sehr undeutlich, da sie gerade frisch vom

Nutella-Brötchen abgebissen hatte, also nickte ich freundlich und durchsuchte später das Internet danach.

*>>Ich hoffe, dass ich ihr das Puppen-Spielhaus **noch** überreichen kann!<<*

***

Am Zaun, bei unserem letzten Abschied, im Kindergarten, blickte sie lächelnd zu mir rüber. *>>Du weißt welches Haus, ja, Papa?<<* Das waren die letzten Worte, die meine Tochter zu mir sagte.

Ich war traurig und wütend. Ich kämpfte mit diabolischen Dämonen, die tief in meinem Innersten hausten und nun zum Vorschein kamen. Solche Gedankengänge waren mir bisher fremd gewesen.

Ich wollte den Typen töten. In mir herrschte eine unbändige Animosität, die jegliche Reue verstummen ließ.

>>Wenn er meinem kleinen Sonnenschein nur ein Haar gekrümmt hat ...<<

Ich stellte mir vor, wie ich den Typen, eine

gesichtslose Person, auf einem Holztisch festkettete. Die Arme mit Stacheldraht gespreizt, unter dem Tisch mit den gespreizten Beinen zusammengeschnürt. Dicke, nicht gepolsterte Lederriemen, hielten Handgelenke sowie Knöchel fest. Nicht zu fest, die Riemen sollten keine wichtigen Blutgefäße abklemmen. Der Stacheldraht sollte sich langsam, bei jeder noch so kleinen Bewegung, in seine Haut bohren. Er sollte Schmerzen erleiden.

Die Not macht erfinderisch, was Foltermethoden betrifft, kennt die Kreativität des Menschen wohl keine Grenzen.

Die Rattenfolter schien mir auch eine gute Methode zu sein, um das Arschloch leiden zu lassen. Diese Foltermethode fand im Mittelalter großen Beifall. Man schnallte einen Käfig auf den Körper. Dieser Käfig wurde mit Nagetieren und Hitzequellen gefüllt. Mehrere Kerzen zum Beispiel. Nun saßen die kleinen Ratten in einem immer heißer werdenden Behälter. In einer Falle. Was machten sie wohl?

Der sizilianische Bulle schwebte mir ebenso durch den Kopf. Man ging davon aus, dass diese Erfindung aus dem antiken Griechenland stammte. Man schloss den Verurteilten im Inneren des Metall-Bullen ein und entzündet unter dem Bullen ein Feuer. Unter qualvollen Schmerzen wurde der Mensch lebendig gegrillt. Die Schreie derer, die durch diese Methode zu Tode kamen, erinnerten an die Laute eines Stieres.

Doch mir schien die primitivste Folter, an die ich gedacht hatte, dann doch ganz recht. Ich wollte ihn festgebunden auf einem Tisch Qualen leiden lassen. Mit einem Korkenzieher würde ich in seine Oberschenkel stechen, langsam, ganz langsam in das blutende Fleisch, drehen und ziehen. Dem Sadisten, der sich sexuell an Kindern verging, ihnen die Zunge herausschnitt, damit sie keine Geräusche machen konnten, genau diesem Menschen wollte ich dasselbe Leid antun.

Ich stellte mir vor, wie ich seine Zunge bei lebendigem Leib herausriss. Doch ich würde seinen Waschlappen nicht behalten ich wollte ihm seine Zunge, mit welcher er den armen Seelen zugeredet hatte, rektal einführen. Er sollte seine eigene Scheiße schmecken, dieses Schwein.

Damit er bei Bewusstsein bleiben würde, könnte ich ein Zündkabel an seine Brustwarzen klemmen und das andere Ende an eine Auto-Batterie anschließen. Und zum

Schluss, er sollte es schließlich genießen, mit einem stumpfen, rostigen Messer, Schnitt für *Schnitt*, seinen widerwärtigen Penis abschneiden und ihm diesen in den blutigen Rachen stopfen.

***

Steiner

>>Peter?<<

>>Hm ... Ja!<<

>>Woran denkst du gerade?<<

>>Ach, alles in Ordnung ...<<

Peter telefonierte mit seiner Frau und ich nutzte die Zeit und holte mir das neueste Feedback von einem Kollegen. Ben, besagter Kollege observierte für mich noch einmal den Club *Bunter Stier,* aber es war alles ruhig. Nichts Auffälliges.

Mit viel Mühe kämpfte ich mich durch das

Internet. Ich hatte eine Adresse gefunden, die uns direkt zu der Hausmeister-Firma führte, die in der Kindereinrichtung *Wunderland* für Sauberkeit und jegliche Reparaturen zuständig war.

Der Sitz der Gesellschaft war in einem Gewerbegebiet in Halle-Neustadt. Abgelegen und still. Die Rezensionen der Firma waren o. k. Nichts Negatives über sie oder ihre Angestellten.

Es war achtzehn Uhr, und mein Chef war stinksauer auf mich. Er hatte mich dutzende Male versucht, anzurufen. Allerdings war mir das egal. Das kleine Mädchen hatte Priorität. Wir mussten Josie finden. Jede Stunde, jede Minute ohne ein Lebenszeichen des Mädchens war grässlich.

20 Schlaf Kindchen, schlaf ...

>>Hast du gut geschlafen?<<

Josie war ein liebes Kind. Sie nickte verstört und schaute aus dem Fenster – und wünschte sich nichts sehnlicher, als nach Hause zu kommen. Sie vermisste ihre Eltern, sogar ihren doofen Bruder. Wenn sie mit dem Mann kommunizieren wollte, zeigte sie mit ihren kleinen Fingern auf ihn. Er stellte dann ein paar Fragen, bis es passte und sie nickte, oder sie schüttelte mit dem Köpfchen. Sie hat schnell gelernt. Sie wusste, was ihr blühte, wenn sie sprach.

>>Ich mag deine tollen Haare gerne sehen.<<

Das Tageslicht, welches durch das milchige Fensterglas brach, ließ Josies Haarpracht funkeln und glänzen.

Schon zum zweiten Mal bekam er diese Gefühle unterhalb des Bauchnabels, während er Josie beobachtete. Ein Schwein, er war ein Psychopath, der es verstand, sein Umfeld zu manipulieren. Er wirkte freundlich, hilfsbereit, manchmal etwas verloren. Doch sein Gehirn schaltete flink in den Raubtier-Modus um. Er war nicht verrückt. Nein! Sein Verstand war völlig in Ordnung. Was ihm fehlte, war Empathie. Wenn er auf lachende, weinende oder laut schreiende Kinder traf, war alles anders. Weil er selbst Gefühle wie Liebe, Angst oder Reue nur vermindert bis gar nicht wahrzunehmen schien, waren sein Mitgefühl, die Möglichkeit, Schuldbewusstsein zu empfinden, eingeschränkt. Aus seiner Sicht waren es die vielen kleinen Kinder, die nicht nach seinen Regeln spielen wollten, ob sie ihn persönlich kannten oder nicht, die eine Fehlfunktion hatten. Er hasste laute Kinder.

Lächelnd schaute er auf das Mädchen hinab, unterdrückte das aufregend schöne Gefühl, welches in seinem Bauch entfacht war und sich weiter unten ausbreitete – und er schlug die Beine übereinander. *>>Jetzt noch nicht!<<*

>>Dein sanftes Haar funkelt in meinen Augen.<<

Er setzte sich zu ihr auf die hässliche Oma-Couch. Seine Hände waren schwitzig, das Kribbeln wurde stärker. Bei den anderen Kindern hatte er nicht dieses Gefühl verspürt. Ihm hatten die anderen Kinder nicht das gegeben, was die kleine Josie ihm nun gab. Seine Gedanken flogen.

>>*Das letzte Kind, ein hübscher Junge, brachte mich an meine Grenzen. Er wollte einfach nicht die Spielregeln befolgen. Ständig jammerte er nach seiner beschissenen Mutter, es war gar nicht auszuhalten. Ich machte kurzen Prozess. Er musste schnell weg. Sein Geschrei wurde gefährlich. Ich mochte seine Stimme nicht. Die Zunge war ein Souvenir, er sollte nie wieder wimmern oder etwas sagen können. Doch ihn zu töten, war nicht der erhoffte Spaß, auch nicht, als ich ihn post mortem mit einem Stock schändete. Es war langweilig mit ihm.*<<

Er schaute auf das kleine Mädchen wie der hungrige Löwe auf die im hohen Gras dösende, ahnungslose Gazelle. Er befand sich in einem Zwiespalt, eigentlich wollte er ihr nichts antun. Aber eigentlich doch. Ja, eigentlich wollte er ihr sehr viel antun.

Er schloss Josie im Schrank ein, mit der Decke, zwei Flaschen Wasser und ihrem Lieblingsfilm auf seinem Laptop – und vergnügte sich anschließend im Pornokino in der Packhofgasse.

***

Das Kino war nur ein Tropfen auf dem heißen Stein. Es ging um schnellen, wilden, heißen Sex, und um mehr nicht. Zwei schmierige Typen, fett und ungepflegt, wedelten sich auf einer roten Couch in dem abgedunkelten Raum, der durch das Geflimmer eines stummgeschalteten Pornofilms nur wenig ausgeleuchtet wurde, einen von der Palme. Sie ignorierten den Film, aber ließen dieses rothaarige Geschöpf, nicht größer als ein Meter sechzig, schlank, tätowiert und rasiert, welches sich breitbeinig und nackt vor ihnen rekelte und sich anal mit einem Dildo befriedigte, nicht aus den Augen. >>*Was für eine Schlampe!*<<, dachte er sich. Doch noch schlimmer waren die Typen.

Als die Männer fertig waren, verschwanden sie in der Umkleidekabine. Ihm war das alles nicht fremd. Ignorante Typen, die ihn dämlich anglotzten, nackt und arrogant vor ihm erschienen. Das hatte er alles schon einmal erlebt. Nun war er mit der rothaarigen Frau alleine, und er holte sich einen runter.

Animiert von seinem Gemache, willigte die

Frau ein und machte mit. Er suchte Augenkontakt und sie lächelte ihm zu, während sie ihren rechten Zeigefinger ableckte. Die Frau mit den auffälligen Tattoos ging auf ihn zu. Es waren keine Worte nötig, ihr Kopf verschwand in seinem Schoss. Während sie ihm einen blies, musste er die ganze Zeit an Josie denken. Seine Augen verdrehten sich. Hassgefühl stieg in ihm auf.

Als sie fertig war, die rothaarige Schönheit, wollte sie aufstehen, da drückte er zu. Seine Hände hatten sich um ihren Hals gelegt. Er kam ein zweites Mal.

***

>>Deine Eltern waren noch immer nicht hier.<<

Josie guckte den Mann an und zog ihre kleine Unterlippe über die obere. Ihr gefiel der Ort nicht. Sie fand die Hütte schlimm. Das kleine Mädchen wollte nach Hause. Es wollte weinen, aber es durfte nicht. Es wollte auch gerne endlich einmal etwas sagen, doch dies war ihr auch untersagt.

>>Wenn sie dich lieben würden, hätten dich deine Eltern längst geholt!<<

Sie gehörte jetzt zu ihm. Wenn er sie nicht haben durfte, dann sollte keiner Josie haben dürfen. Sie war sein schönster Besitz.

Seine Gedanken drifteten ab.

>>Sie ähnelte ein wenig meiner Mutter. Manchmal, ohne Vorwarnung, warf sie mir einen Blick wie den zu, den mir meine Mama als Kind immer zugeworfen hatte, wenn sie in der Küche stand und mein Lieblingsessen kochte. Meine Mama wusste immer, was für mich das Beste war. Sie sagte mir, dass mir Spaghetti schmecken würden, und das taten sie auch. Cola würde ich abscheulich finden, und auch das traf zu. Mama wusste einfach alles. Sie wusste auch von meiner heimlichen Liebe, als ich vierzehn Jahre alt war. Frau Becker, sie war unsere Nachbarin im gegenüberliegenden Haus. Jeden Tag zur gleichen Zeit, pünktlich um siebzehn Uhr, kam sie von der Arbeit nach Hause, zog sich beim Laufen durch ihre Wohnung aus und öffnete splitterfasernackt die Jalousien-losen Fenster zum Durchlüften. Ihre Haut war hell. Makellos. Ich wollte sie riechen, fühlen und schmecken können. Mama wusste von Frau Becker, was ich am Fenster Schlimmes tat. Sie hatte mich

beim Onanieren gesehen und dies dem Vermieter mitgeteilt, der sich in schriftlicher Form bei meiner Mama gemeldet hat.

Frau Becker meldete danach nie wieder irgendetwas.<<

***

Josie zeigte auf ihn.

>>Hast du Durst?<<

>>Willst du etwas essen?<<

Nichts von beidem. Josie wollte, dass er ihr eine Geschichte vorliest. Sie hatte im Schrank, in einer kleinen Kiste, alte Comichefte von Spider-Man gefunden. Mindestens dreißig Jahre alt oder älter. Sie fand diesen komischen Spinnentypen cool. Er ihn aber nicht. Aber für seinen kleinen Engel tat er alles. Sie zeigte auf das Comic.

21 Neustadt

In Neustadt war mal wieder viel los. Im Gewerbepark angekommen, legten sich die beiden Männer auf die Lauer. Die Dunkelheit brach langsam über die Stadt herein und erdrückte Perkes Gemüt.

Die Reinigungsfirma stand auf einem nicht gut bewachten Gelände in der Zscherbener Landstraße, doch die beiden wollten die Gefahr, entdeckt zu werden, nicht herausfordern. Steiner wusste, wovon er sprach. Das Tor stand weit auf, das konnte bedeuten, jemand war noch auf dem Hof. Der Feierabendverkehr verdichtete sich.

Geduckt saßen Perke und Steiner im Auto und spähten gemeinsam das Gelände aus. Eine alte Frau lief mit einem Staubsauger durch das Gebäude, welches auf Steiners To-Do-Liste stand. Von den vierunddreißig Zimmern waren nur noch drei beleuchtet. >>*Die Alte ist bestimmt gleich fertig*<<, sagte Steiner.

Das Handy klingelte.

>>Steiner, der Chef sucht dich<<, sprach Steffi hektisch am Telefon.

>>Lass ihn suchen, Mausi<<, antwortete Luke charmant seiner Kollegin.

>>STEINER ... Huch, der Alte ist ...<<

>>STEINER!<<

>>Ja, Chef ...<<

>>Wo sind Sie? Ich möchte unverzüglich wissen, wo Sie sind und was Sie gerade machen!<<

>>Alles klar, Chef.<<

>>Ich sitze gerade in der Badewanne und rasiere mir die Beine ...<<

>>STEINER ... halten Sie mich etwa für unterbelichtet?<<

Kurze Stille.

>>Chef, das hatten wir schon einmal. Sie fragen, ich antworte. Das geht zu 99 Prozent in die Hose.<<

>>STEINER ... Sie sind ab sofort vom Dienst freigestellt. Sie kommen morgen unverzüglich in mein Büro, geben Ihren Dienstausweis und die Dienstwaffe ab, und

danach will ich Sie nicht mehr wiedersehen. Ist das angekommen, Steiner?<<

>>Und wehe, Sie ermitteln im Fall des vermissten Mädchens, dann können Sie sich gleich aufhängen.<<

>>Bleiben Sie mal ruhig, Chef.<<

>>Ruhig bleiben? Herr Wikandt, unser ach so toller Bürgermeister, hängt mir wegen Ihnen im Nacken. Noch näher, und der kann mit seiner Zunge meinen Wurmfortsatz lecken.<<

>>Morgen. In mein Büro ...<<

Das Gespräch war beendet.

***

Steiner hasste seinen Chef. Für ihn war er nur ein kleiner, fetter Arschkriecher, der bei seiner Frau kuschte und mehr nicht. Doch sein Geschrei war zu amüsant. Steiner musste sich bei jeder Standpauke, die er sich in den letzten Monaten anhören durfte, immer fest auf die Zunge beißen, damit er nicht laut loslachte. Auf der Polizeistation hieß man seine Arbeit nicht für lehrbuchartig, doch er war der Ermittler mit den meisten gelösten Fällen.

>>Wie lange braucht die Alte noch?<<, schimpfte Perke lauthals.

>>Beruhig dich!<<

>>Wirst schon sehen, die ist gleich raus aus dem Kabuff.<<

Nach einer halben Stunde, die die beiden jetzt schon im Auto verbracht hatten, löschte die Putzfrau endlich das letzte Bürolicht. Steiner hatte schon vier Zigaretten geraucht. *>>Gibt es da einen Schokoriegelautomat?<<* Es flimmerte nur noch das weiße Flurlicht, was einer Arztpraxis ähnelte. An dem veralteten Kronleuchter im Treppenhauseingang über der Infotheke flatterten dicke Motten. Die passten zu dem ungepflegten Gebäude.

>>Gleich können wir loslegen<<, sagte Steiner.

>>Hast du eigentlich einen Plan, wie wir in das Gebäude gelangen?<<

>>Peter, mit wem sprichst du?<<

>>Na, mit dir ...<<

>>Eben. Mit mir. Ich fange immer mit Plan C an und arbeite mich, wenn möglich, zu Plan A durch.<<

Vor der Eingangstür, einer Doppeltür aus geriffelten Metallrahmen mit gelblichem Glas im oberen Sichtbereich, die unteren Scheiben wurden durch Spanplatten ersetzt – das Einzige, was an der Tür erneuert worden war, war das Schloss, stand Perke gespannt hinter Steiner, der mit einer Büroklammer zugange war.

>>Bekommst du das Schloss damit auf?<<

>>Klaro! Hab ich bei YouTube gesehen<<, antworte Steiner flüsternd.

Perke schaute sich nervös um. Ein Lkw mit polnischem Kennzeichen fuhr auf den Hof. Es ging um seine Tochter, dennoch fühlte er sich, als stünde er auf glühenden Kohlen. Mit einem Einbruch wollte er nichts zu tun haben. So ganz geheuer war ihm das Ganze nicht.

>>Ich hab's. Die Tür ist auf ...<<, und schon verschwand Steiner im Dunkeln des Gebäudes.

***

Im Treppenhaus selbst war nichts Spektakuläres zu entdecken. Die Männer standen vor einem beleuchteten Wegweiser. Dieser spendete schwaches Glimmen. Mit der Taschenlampe suchend durch die Gänge zu spazieren, war keine Option.

>>*Ganz schön viele Firmen hier*<<, flüsterte Perke.

>>*Die habe ich noch nie im Leben gehört, geschweige denn gesehen.*<<

>>*Japp, und hier haben wir den Hauptgewinner!*<<, sagte Perke freudestrahlend.

>>*Komm, zweite Etage, linker Flur. Firma Sauberfrau!*<<

Auf der zweiten Etage folgten sie den gelben Pfeilen, die mit Klebeband auf den grauen PVC-Belag gepappt worden waren. Die Wände waren fleckig-weiß, schmutzig und strahlten keinerlei Wohlfühlatmosphäre aus. An der vergilbten Raufasertapete hingen in Zwei-Meter-Abständen kleine hässliche Bilder von Halle in noch hässlicheren Rahmen. Passend zur Gesamtdekoration. Hier wollte keiner der beiden angestellt sein. Ein trauriger Ort für Motivation und Geist.

Mit dem Handylicht kämpften sie sich durch die Flure. Schnell fanden der Beamte und der junge Vater das Zimmer 56c, das Büro von Bernd Schmidt / Firma Sauberfrau. Die Tür war angelehnt, wie alle anderen Bürotüren auch. In diesem Komplex herrschte wohl das volle Vertrauen. Sie betraten das vier mal vier Meter kleine Büro und suchten nach den Personalakten. Ein Computer stand auf dem Tisch, doch Steiner wusste, dass vieles noch per Aktenordner aufbewahrt wurde. Links neben der Tür erdrückte ein großer, alter, massiver Schrank den winzigen Raum.

>>Such nach einem Schubfach oder Fach, wo viele Akten verstaut sind.<<

>>Mach ich, Luke.<<

>>Wenn es stimmt, was mir die Erzieherin vorhin verriet, sind wir einen großen Schritt weiter. Also such.<<

Es war ein Kampf für die beiden, im Dunkeln etwas Brauchbares zu finden. Das Mondlicht, welches durch das Fenster schien, gab wenig preis.

Es dauerte keine zehn Minuten, da hielt

Perke einen grauen überfüllten Firmenordner mit der Aufschrift „Angestelltenliste" in seinen Händen.

>>Ich glaube, ich hab's ...<<, summte er in Steiners Richtung. Plötzlich huschte ein Lichtkegel durch den Raum.

>>Mist! Ich hätte jetzt nicht mit Security gerechnet<<, fluchte Steiner.

>>Ich auch nicht. Und was nun?<<

>>Lass mich überlegen, bin ja schon bei Plan B! <<

>>Und was, wenn das nichts bringt)<<

>>Dann gibt es ja noch Plan A.<<

Das Taschenlampenlicht erlosch. Steiner linste hockend vorsichtig über das Fensterbrett durch die Scheibe hinunter auf den Hof. Es war düster. Eine einzige Lampe leuchtete gegenüber am Haupteingang zu einer Kfz-Werkstatt. Und darunter stand ein älterer Herr in Uniform.

>>Ein alter Wachmann, um die 70 Jahre alt<<, sagte Steiner erleichtert. Der Mann leuchtete zittrig mit seiner Stabtaschenlampe das Gebäude an.

>>Nur einer?<<, stammelte Peter.

>>Ja, ich sehe nur den einen Ruheständler.<<

>>Tzzz, Ruheständler. Vor mir musst du nicht förmlich werden<<, lachte Perke.

Die Luft war rein. Mit dem Licht vom Handy leuchteten beide den Ordner der Personalakte durch. Von den zweiundzwanzig Angestellten waren achtzehn weiblich, drei Azubis und ein Mann. Es war nicht schwer, die Nadel in diesem dürftigen Heuhaufen zu finden.

>>BINGO!<<

>>Da haben wir ihn. Kai Weber, geb. am 23.05.1988.<<

>>k.w.1988!<<, erschrak Perke.

>>Das glaube ich doch jetzt nicht!<<

Sein Herz sprang im Dreieck. Perke war aufgeregt und voller Erwartung. Er wollte seine Tochter nach Hause bringen, sie endlich wieder in die Arme schließen, ihr das Spielhaus schenken, auf welches sie schon seit Wochen wartete.

Emotionsgeladen schmiss er den fetten Ordner in die Ecke neben den frischgeleerten Mülleimer. Ihm war egal, welches Chaos er und Steiner verursachten. Er dachte nur noch an seine Josie.

>>Los, ich will los!<<

>>Willst du das hier nicht erst einmal wegräumen?<<, fragte Steiner nach.

>>Nein! Das war der alte Putzbesen und fertig.<<

22 Unverhoffter Besuch

Perkes Telefon klingelt.

>>Wo bist du?<<, rief Sabine ihren Mann aufgeregt an.

>>Schatzi, ich bin mit Steiner unterwegs. Du wirst es nicht glauben, so wie es aussieht, hat Josies Erzieherin tatsächlich etwas mit dem Verschwinden unserer Tochter zu tun.<<

>>Frau Weber?<<, Sabine war ungläubig.

>>Ja! Wir sind hier auf einer ganz heißen Spur.<<

>>Aber mal was anderes. Wie geht es euch?<<

>>Wie soll es uns schon gehen? Deine Eltern tun alles, um uns abzulenken, aber sie sind selbst am Ende ihrer Kräfte.<<

>>Wir wollen alle nur Josie zurückhaben.<<

>>Scheiße!<<, schnaubte Perke aus.

>>Peter, wie geht es dir?<<

>>Mir geht es gut! Etwas chaotisch, ich erkläre dir alles später.<<

>>Bitte mach, dass unsere Tochter wieder nach Hause kommt!<<, sprach Sabine leise in das Telefon und fing zu Weinen an.

>>Schatz, ich verspreche dir, dass wir unsere Tochter bald wieder in unsere Arme schließen können.<<

Steiner und Perke ließen keine Zeit verstreichen. Mit der Adresse des Sohnes der Weber in den Händen, verließen die beiden Männer das Gelände. Der Alte mit seiner Taschenlampe spazierte vergnügt über das riesige Areal und lief seine Kontrollpunkte ab, die er wohl stündlich scannen musste. Er bekam von all dem nichts mit.

Der Einbruch in das Gebäude mit dem Erfolg, dass Steiner Kai Weber wiedererkannt hatte, machte Perke große Hoffnung, seine Tochter wiederzufinden.

Die Nacht war sternenklar, und ein samtweicher Wind wehte durch die von der Sonne am Tage aufgewärmte Stadt. Mut und Erwartungen breiteten sich in Perke aus. Die Trauer verzog sich und gab der Hoffnung eine Chance.

>>*Sag mal, kannst du dir das vorstellen mit der Webern?*<<, fragte Perke neugierig.

>>*Klar!*<<, antwortete Steiner überzeugt.

>>*Sie verhielt sich mir gegenüber komisch, diese falsche Schlange. Ich wusste, dass mit der was nicht stimmt.*<<

>>*Wir sind gleich da, Peter. Ich geh alleine hoch. Du wartest im Auto ...*<<

>>*Warum? Ich will die Olle ausquetschen*<<, wütete Perke sauer.

>>*Genau deswegen. Das fällt doch auf!*<<

>>*Aber was, wenn ...*<<, stammelte Perke leise.

>>*Keine Sorge, der Vati macht das schon!*<<, sprach Steiner energisch. Wart es nur ab!

***

Vor der Haustür blieb Steiner kurz stehen. Perke saß geduckt im Auto und beobachtete das Geschehen aus sicherer Entfernung. Den Beamten plagten wieder einmal Gewissensbisse. >>*Warum habe ich bei Robin nicht genauer hingesehen?*<< Er schüttelte sich kurz. Dann zog er den Kragen seines Ledermantels gerade und klingelte bei Frau Weber. Robin musste aus seinen Gedanken verschwinden. Steiner brauchte einen klaren Kopf.

>>*Hallo, wer ist da?*<<, sprach Frau Weber mit hoher Stimme durch die Muschel der Sprechanlage.

>>*Hier ist Herr Steiner!*<<, antwortete der Beamte mit sanfter Stimme.

>>*Oh, welch netter Besuch, und das zu dieser späten Stunde*<<, freute sich die Webern.

>>*Es tut mir leid, ich habe nur ein paar Fragen. Dürfte ich kurz hoch zu Ihnen?*<<

Noch bevor er diesen Satz zu Ende aussprechen konnte, öffnete Frau Weber die Haustür und ließ den Beamten ein.

Sie lebte in einer 4-Zimmer-Wohnung. Eine großzügige Wohnung, etwa einhundert Quadratmeter, mit einem verglasten Balkon, sehr schönem Parkettboden, die Musterung war einzigartig, in drei verschiedenen Farbgebungen, inmitten der Innenstadt.

An den Wänden hingen viele Bilder von ihrem Sohn, dann von einem ihm nicht bekannten Mann und natürlich auch von ihr. Wie sollte es auch anderes sein. Doch wo waren die beiden Mädels abgelichtet? >>*Ich denke, die hat zwei Töchter?*<< Zwei Fotos von ihr am Strand, größer als ein Poster aus der Bravo, zierten die Wand im Flur.

>>*Mit Ihnen habe ich gar nicht gerechnet*<<, freute sich Frau Weber, die recht lose bekleidet war

Im Wohnzimmer.

>>*Setzen Sie sich!*<<

>>*Danke ...*<<, erwiderte Steiner.

>>*Sie dürfen sich gerne etwas überziehen*<<, sagte der Beamte freundlich, aber innerlich angewidert von ihrem Anblick.

Sie trug einen Tanga und ein weißes Disney Shirt, welches an ihren Beckenknochen endete.

>>*Nein, nein ...!*<<, lächelte sie ihn an und

beugte sich vor Steiner, um einen kleinen Krümel aufzuheben, der vor dem grauen Couchtisch lag.

>>Das macht die doch mit Absicht ...<<, dachte sich der Beamte und schüttelte sich.

Sie widerte ihn an. Am liebsten hätte Steiner ihr mit seinen Stiefeln in den Arsch getreten. Die Versuchung war groß.

Unberührt von ihren Anmachversuchen, schaute er sich in dem Wohnzimmer um und setzte sich auf das Sofa.

>>Ich möchte Sie nicht stören. Ich habe nur eine Frage zu dem Kleidchen, das Josie am Tag ihres Verschwinden trug.<<

>>Ach, und geht es ihren Töchtern gut?<<

>>Meinen ... Ach, wo bin ich nur mit meinen Gedanken! Jaja ... es geht ihnen gut.<<

>>Aber Sie wollten jetzt noch mal was von mir wissen?<<, fragte Frau Weber aufgescheucht und setzte sich auf die Kante des Couchtischs.

>>Das Kleid! Wir gehen davon aus, dass Herr Perke etwas mit dem Verschwinden seiner Tochter zu tun hat.<<

»Wieso?«, fragte sie mit großen Ohren.

»Sie haben gesagt, dass sie ein rotes Kleid trug, und ihr Vater, also Herr Perke, hatte einen Fetzen Stoff von eben diesem Kleid in der Hosentasche.«

»Nein, dieser Perverse ...«, schimpfte die Webern.

»Ekelhaft!«

»Kann sein ...«, stammelte Steiner.

Ihm war nicht wohl dabei, Perke ins schlechte Licht zu rücken. Sie tappte jedoch in die Falle des Beamten.

»Ist das ihr Sohn?«, fragte Steiner und zeigte auf ein Bild, das an der Wand über der Essecke hing.

»Ja, das ist mein Kai. Mein Ein und Alles!«, freute sie sich.

Ihr Sohn sah furchtbar aus. Bänglich und schlimm. Er wirkte unfreundlich und hatte einen verstörten Blick, blasse, blaue, runde Augen. Lichtes blondes Haar. Und die zusammengewachsenen Augenbrauen, eine fiese Monobraue, unterstrichen die Antipathie, die ihr Sohn ausstrahlte.

Er war wahrscheinlich nicht größer als ein Meter siebzig, vielleicht auch dreiundsiebzig, und sein Körper war schwammig, aber schlank. Die Haut krisselig und vernarbt – ohne Bartwuchs. Akne-Narben erstreckten sich als tiefe Löcher im Wangenbereich. Und so, wie Frau Weber über ihren Sohn sprach, war dem Beamten schnell klar, dass das Klischee eines typischen Muttersöhnchens sich gerade wieder einmal bestätigte.

>>*Was für ein Ekel*<<, dachte sich der Beamte.

Steiner musste schauspielern.

>>*Oh mein Gott ... Robin!* <<

>> *Genau dieselbe Hackfresse, wie auf dem Spielplatz ... damals!*<< , dachte er sich.

Sich nichts anmerken zu lassen, war nicht gerade seine Paradedisziplin, er drehte sich zum Fenster. Steiner wurde schlecht. Er war den Tränen nahe. Er konnte nicht glauben, was er gerade erfuhr.

Steiner bekam Sodbrennen und bat um ein Glas Wasser. Während Frau Weber, mit dem Hintern heftig wackelnd, in die Küche stolzierte, um dem Beamten ein Erfrischungsgetränk zu holen, knipste er heimlich ein Foto von dem gerahmten Bild ihres Sohnes.

Danach nahm er einen großen Schluck und verabschiedete sich mit den Worten: *>>Danke für die Info. Ich wünsche Ihnen eine angenehme Nacht und süße Träume! Ach, und grüßen Sie mir ihre beiden Töchter ganz lieb.<<*

***

Im Auto hielt er nicht hinter dem Berg. Doch bevor er anfing, zu erzählen, zündete er sich eine Kippe an, einen kräftigen Zug genommen - und dann weihte er Perke über die neugewonnene Information ein.

>>Schau mal ...<<, sprach Steiner und hielt im gleichen Moment dem Vater das Handy unter die Nase.

>>Das ist doch ...<<, sabbelte Perke.

>>Ganz genau, mein Freund. Das ist Kai. Derselbe Typ wie aus den Personalakten.<<

Beide Männer hielten kurz inne.

>>Das muss der Entführer sein, Peter! Keine Frage!<<

>>Aber weißt du was, ihre Töchter waren nicht zu hören.<<

Perke schaute Steiner an.

>>Welche Töchter?<<, wunderte sich Perke erneut.

23 Die Dunkelheit

Er knabberte hastig an seinen Fingernägeln. Seit seiner Kindheit hatte er diese schlechte Angewohnheit. Manchmal fraß er die Nägel so weit runter, bis das Nagelbett zu bluten anfing.

Steiner zündete sich eine Zigarette an. Geduldig zu sein, war keine seiner Paradedisziplinen.

>>Worauf warten wir?<<, fragte Perke augenbrauenrunzelnd.

>>Wart nur ab ...<<, sprach Steiner und zog sinnenfreudig an seiner Kippe.

Die Autoscheibe war nicht mehr als zehn Zentimeter geöffnet, und durch diesen mageren Spalt pustete der Beamte den Zigarettenqualm in die dunkle Nacht.

>>Worauf warten wir?<<, erkundigte sich Perke erneut.

>>Die Webern hat mir aus der Hand gefressen. Die kommt gleich! Warts mal ab ...<<

Perkes Handy vibrierte.

Ein bläuliches Licht blinkte auf.

Micha
Hallo Papa, ich vermisse dich. Wann kommst du mit Josie wieder nach Hause? Ich hab dich lieb, Papi.

Papa
Hallo, mein kleiner Fratz, ich vermisse dich auch, und ich verspreche dir, dass ich mit Josie bald nach Hause kommen werde. Ich hab dich ganz doll lieb …

>>*Da … die Alte! Ich wusste es …*<<, sagte Steiner und schnipste die Kippe in eine Pfütze neben dem Auto.

Frau Weber trat, dunkel gekleidet, nach links und rechts schauend, aus dem Mehrfamilienhaus heraus. Sie warf einen kurzen Blick in den Briefkasten und schloss die Haustür hinter sich zu.

>>*Wer passt auf die Mädels auf?*<<, sabbelte Steiner.

>>Was hast du nur immer mit diesen Mädchen?<<

Mit schnellen Schritten, als wäre der Teufel hinter ihr her, eilte sie geradewegs auf ihr Auto zu. Sie fuhr einen kleinen roten Fiat Twingo. Ausgeblichen war der Lack. Das Auto hatte die beste Zeit längst hinter sich.

Hastig steckte sie den Autoschlüssel in das Schloss. Zwei Versuche benötigte sie dafür. Beim ersten Mal ließ sie den Schlüssel fallen. Der Schlüssel klackerte zu Boden, zwei Zentimeter neben den von der Stadt frisch lackierten grauen Straßenablauf.

>>Puh, Glück gehabt<<, murmelte die Frau und schaute hastig in alle Richtungen.

***

>>Los, wir fahren der Alten hinterher<<, sprach Steiner und drückte auf die Tube.

Frau Weber fuhr gewissenhaft durch die Stadt. Die Straßen waren wie leergefegt. Nur ein paar Taxis schlichen umher. Plötzlich, ohne den Blinker zu setzen, bog sie auf einen Trampelpfad neben einer graffitibeschmierten Brücke am Hauptbahnhof ab.

Es war düster und staubig auf dem engen Weg. Mit bloßem Auge war kaum etwas erkennbar. Man musste die Augenlider zusammenkneifen, um überhaupt ein wenig sehen zu können.

Neben dem Saumpfad, eigentlich ein Gehweg, der aber auch von Autofahrern benutzt wurde, zogen sich ausgedörrte Böschungen in die Länge. Die Mittagssonne prasselte hier tagsüber heiß zu Boden. Kein Schatten. Kaum etwas wuchs auf diesem Gelände.

Die Gegend war bekannt für ihr Klientel, Stricher und Drogenkonsumenten.

>>*Wir sind hier absolut richtig*<<, sagte Steiner mit kräftigem Unterton und schaltete das Scheinwerferlicht des Autos aus.

Der Beamte hatte zunehmend Probleme, dem Twingo zu folgen. Ohne Licht, auf diesem dunklen und sandigen Kiesweg. Aber er wollte der Webern ihre Anwesenheit nicht verraten.

Nach ein paar Minuten hielt der rote Fiat. Die abgerundeten Scheinwerfer strahlten bleich auf ein altes, beschädigtes Aluminiumschild, auf dem mit gelber Farbe geschrieben stand: WILLKOMMEN IM GARTENGRÜN.

>>*Das ist eine Gartenanlage*<<, sagte Perke verdutzt.

>>*Was will die Alte hier? Die Anlage wird doch schon lange nicht mehr bewirtschaftet.*<<

***

Frau Weber schloss ihr Auto ab. Sie tippelte in die Dunkelheit.

Die Nacht war besonders klar und ruhig. Die Grillen auf den verbrannten Wiesen zirpten im Chor. Sie schaute nervös nach hinten und zückte ihr Handy aus der Tasche ihrer Jogginghose, um ein wenig Licht auf den Kiesweg zu werfen, auf dem sie stand. Sie liebte diesen Sportanzug, auch wenn sie darin aussah wie eine Qualle.

Kurz erschrocken. Das helle Licht des Telefons schwenkte in hastiger Bewegung um die Frau herum. >>*Ist hier wer?*<<, stammelte Frau Weber vor sich hin.

Schulterzuckend, niemand war weit und breit zu sehen. Sie trippelte weiter, ihre Verfolger unerkannt nah hinter sich. Mit einem Ruck öffnete sie ein an seinen Scharnieren quer hängendes, kniehohes Gartentor. Es quietschte schaurig.

Das Tor war alt, und der Lack blätterte üppig ab. Die Äste einer Fliederhecke umwuchsen die beiden drei Meter hohen Eisenstangen, die das Begrüßungsschild der ehemaligen Gartenanlage hielten. Das ganze Areal war zugewuchert.

Frau Weber schliff mit ihren Turnschuhen über den steinigen Weg. Bei jedem ihrer Schritte knirschte es, und eine hellgraue, vom Mondlicht angestrahlte Staubschicht wickelte sich um ihre Füße.

Die Gartenanlage war seit über zwanzig Jahren geschlossen. In den naheliegenden Vierteln zogen die Einwohner weg. Afrikaner und Vietnamesen übernahmen die Straßen rings um den Bahnhof. Kein familiäres Viertel mehr wie noch vor einigen Jahren.

Am Schwarzen Brett hafteten noch die Kleingartenstreberregeln. Das Papier war bleich und die Tinte fast verschwunden. Nur noch ein paar blasse Schriftzüge konnte man erkennen. Der Rest verglomm.

Die Hütten der Anlage präsentierten stilles Sterben. Zerfallen, brüchig, teilweise abgebrannt. Unkraut wucherte vor sich hin. Seit Jahren wurde hier kein Rasen mehr gemäht, geschweige denn wurden noch Hecken geschnitten. Ein Lost Place.

Einhundertdrei Schreberlauben und eine Gaststätte drückten der einstmaligen Gartenanlage einen ganz besonderen Charme auf. Idyllisch und familienfreundlich. Davon war schon lange nichts mehr zu erkennen.

Einbrüche und Vandalismus hatten übernommen. Die meisten Fensterscheiben waren eingeschlagen; und bei fast allen Gartenlauben fehlten die Türen. Plünderei. Eine Junkie-Hochburg. Hierher verirrten sich die Menschen der Nacht.

In den letzten Jahren wurde die Polizei mehrfach zu diesem gruseligen Ort gerufen. Vergewaltigung. Lärmbelästigung durch feierwütige Jugendliche, die, unter Alkohol und Drogenkonsum stehend, Sträucher anzündeten und zahlreiche Schlägereien begannen.

Steiner war nur einmal vor Ort gewesen.

Vor zehn Jahren. Ihm war die Gegend nicht wirklich bekannt.

Letztes Jahr wurde ein Obdachloser tot in der Schreberanlage aufgefunden. Man ging von einer Überdosis aus.

Der volle Mond warf ein schauriges Licht auf die Gartenanlage. Ein Schwarm Singdrosseln wurde von einem vorbeifahrenden Güterzug aufgescheucht. Der Schwarm flatterte durch die Nacht und ließ sich bald wieder nieder.

Frau Weber blieb stehen. Ein kleines, frischgestrichenes Gartentor aus Holz öffnete sich. Eine Person stand plötzlich vor ihr.

24 Verfolgung

Die beiden Männer näherten sich der verlassenen Gartenanlage.

Vor ihnen sprang eine kleine Lichtkugel hin und her. >>*Die Alte muss sich Licht machen, damit sie nicht im Dreck landet ...*<<, lachte Steiner.

Perke fühlte sich unwohl. Er hatte den einen oder anderen Zeitungsartikel über die hier begangenen Straftaten gelesen. Berührt und schockiert hatte er die Artikel aufgesaugt. Er konnte nicht fassen, dass manche Menschen so bösartige Charaktereigenschaften hatten.

Dass Steiner mit einer gezückten Knarre vor ihm lief, gab ihm kein wirkliches Sicherheitsgefühl.

>>*Kennst du dich hier aus?*<<, fragte Perke leise nach.

>>*Ich war einmal hier, viel los sollte nicht sein*<<, antwortete Steiner keck.

>> *... ich weiß nicht!*<<

>>Peter, solange die hier nichts angebaut haben ...<<, grinste Steiner Perke zu.

>>Schalt dein Handy auf stumm<<, befahl Steiner leise.

>>Wir dürfen nicht entdeckt werden.<<

Die Stille der Nacht lag wie Watte auf den Ohren.

>>Psst, hör mal. Da unterhalten sich welche<<, stoppte Peter

Sie blieben stehen. Geschützt von der Dunkelheit, zog Steiner sein linkes Hosenbein hoch und öffnete den Klettverschluss des schwarzen Fußholsters. Seit fünf Jahren trug er es täglich. Er hatte sich daran gewöhnt.

>>Was ist das?<<, fragte Perke wunderlich nach.

>>Das ist mein Baby<<, antwortete Steiner stolz.

>>Nimm ...<<

>>Du willst, dass ich schieße?<<, verhaspelte sich Perke.

>>Nein! Du sollst hier keinen auf Rambo machen. Nur zum Schutz ...<<

>>Nimm!<<

Steiner legte ihm zögernd seine Babsi in die Hand. Eine kleine halbautomatische Pistole. Marke SIG Sauer P230. Seine erste Waffe, die er sich für den privaten Gebrauch gekauft hatte. Er war sehr stolz darauf. Er pflegte diese Pistole deutlich mehr als seine Dienstwaffe.

>>Da werden Erinnerungen wach<<, schwelgte der Beamte.

>>Ich will damit keine Erinnerung tragen<<, sagte Perke und hielt die Pistole zaghaft mit Lauf Richtung Boden.

Steiner drückte Perke in eine verwucherte Thuja-Hecke.

>>Du bleibst hier!<<

>>Und halt die Pistole richtig ... Nimm den Lauf hoch, aber halte sie ja nicht in meine Richtung.<<

Und schon schlich er davon.

25 Familienzusammentreffen

>>Wir sind sicher, mein Schatz!<<

Frau Weber umarmte ihren Sohn, der in der Dunkelheit vor ihr stand und das Tor öffnete. Sie küsste ihn drei Mal herzlich auf die linke Wange. Er selbst schaute achtsam über die Schulter seiner Mutter.

>>Ist dir wer gefolgt, Mama?<<, fragte Kai unruhig.

>>Nein! Ich bin alleine hier, und wir haben etwas zu feiern, mein Schatz.<<

>>Ich bin nicht mehr dein Schatz<<, brummte er seine Mutter an.

>>Ich weiß, mein Sohn!<<

>>Komm ... Lass uns reingehen.<<

***

Steiner pirschte sich langsam voran. Mutter und Sohn schlossen das Tor hinter sich, schauten in alle Richtungen und schritten dann zur Hütte hinüber.

Der Garten war halbwegs hergerichtet. Kai hatte den Steinplattenweg neu verlegt. Der alte Weg war völlig zerstört und zugewuchert gewesen. Graue Polygonalplatten zierten nun den Boden. >>*Wer hier mal hauste, war ein Idiot mit zwei linken Händen*<<, dachte Kai.

Das Gras war geschnitten, aber es schimmerte gelb, verbrannt, wie alles andere um den Hauptbahnhof – ein paar bunte Zauberglöckchen allerdings präsentierten sich äußerst blühfreudig in zahlreichen Farben zwischen all dem Unkraut.

Ein Apfelbaum, direkt am Zaun, in voller Blüte, sollte Josies Spielplatz werden. Kai hatte eine Schaukel an dem dicken Ast befestigt.

Von außen sah die Hütte aus wie jede andere halbverfallene auf dem Gelände, er wollte kein Risiko eingehen, nicht auffallen. In der Laube jedoch hatte er sich wohnlich eingerichtet. Eine fünfundzwanzig Quadratmeter große Gartenlaube, innen gestrichen und sauber, mit angebauter Terrasse, war das Versteck dieses bestialischen Kinderschänders und Mörders. Die gelbgrüne Blümchentapete drückte der Gesamtsituation einen Stempel auf, der nicht besser die Diskrepanz des Wahnsinns hätte ausdrücken können. Ein biederer Killer.

Seine Mutter hatte ihm vor Jahren die Schlüssel zu der Hütte in die Hand gedrückt, aber niemals ein Wörtchen darüber verloren, woher sie sie hatte. Ihr Sohn fragte auch nicht nach.

Die Hütte selbst versprühte einen unheimlichen Charme, als käme sie direkt aus der Feder von Stephen King. Vergammelte Holzpaneele, farb- und leblos. Sie war vor Jahrzehnten grün gestrichen worden, doch die Farben konnte man nicht einmal mehr erahnen.

Das Dach, flach und geteert, war von Moos und Löwenzahn überwuchert. Eine typische Laube. Eine vier Quadratmeter große Küche, ein Toilettenanbau mit einer BIO-Toilette und einer alten Zinkbadewanne.

Der Anbau war neu. Ein lebloser Baum, kahl standen seine toten Äste nach allen Seiten ab, stand vor der sporadisch ausgebesserten Terrasse und drückte dem Gesamtbild die Note 6 auf.

Das Zischen eines kleinen elektrischen Insektenvernichters, der an einem morschen Balken hing, durchdrang die Stille. Aus der Laube selbst drang kein Laut.

Die bräunliche Tür war nur leicht angelehnt. Schwaches Licht schimmerte aus der Hütte.

>>*Komm, wir gehen rein, Mama.*<<

***

Drinnen flimmerte Kais Laptop vor sich hin.

>>*Hallo Josie*<<, begrüßte Frau Weber das verängstigte Kind.

>>*Ha ... Hallo!*<<, antwortete Josie schüchtern.

>>*Na! Sollst du reden?*<<, fragte Kai sie streng.

Sie schüttelte den Kopf.

Die Kleine verkroch sich in einer Couchecke und wickelte sich die ungewaschene Kuscheldecke um den Leib.

>>*Was schaust du dir da an?*<<, wollte

Frau Weber von der Kleinen wissen.

>>Einen Film ...<<

>>Nicht reden ...<<

Sie setzte sich zu Josie auf die Couch. Josies kleines Herz schlug wie wild.

Ihre Erzieherin saß auf einmal neben ihr auf der Couch, in dieser Hütte, wo sie nun schon seit Tagen festgehalten wurde. Der eklige Typ nannte ihre Erzieherin MAMA!

Das Mädel fing zu weinen an.

>>Nicht! Bitte hör auf damit<<, schrie Kai und hielt sich mit beiden Händen die Ohren zu. *>>Du weißt doch, was mit den Zungen von unartigen Kindern passieren kann, wenn die nicht leise sein wollen. Das habe ich dir soooo oft erzählt<<*, kreischte er.

>>Stummes Kind, sei endlich leise!<<

Frau Weber schaute ihren Sohn gütig an, berührte sanft seinen Arm.

>>Kai, beruhige dich ...<<

>>Sie soll leise sein, Mama!<<

>>Ich weiß, mein Schatz.<<

Frau Weber blickte garstig zu der kleinen Josie.

>>*Halt deine Fresse, du Scheißwanst*<<, schrie sie das Mädchen an.

Josie verstummte. Mit großen Augen blickte sie Frau Weber an und zitterte am ganzen Leib.

>>*Noch ein Wort, und du wirst ...*<<

Die Kleine legte ihre Hände auf ihren Mund und drückte sie fest, um zu zeigen, dass sie wirklich ganz artig und still sein würde. Frau Weber wendete sich wieder ihrem Sohn zu.

>> *Wir müssen Josie wegschaffen.*<<

>>*Sie muss verschwinden, Kai! Ganz schnell!*<<

>>*Und hast du dich um die beiden anderen gekümmert?*<<

>>*Ja, Mama. Die sitzen in der Kiste.*<<

Kai schaute zum Sofa hinüber, wo Josie stumm an die Wand starrte. Sie hielt sich nun mit beiden Händen die Ohren zu. Er überlegte kurz. Dann brachte er das kleine Mädchen in die Küche und zog die weiße Schiebetür hinter sich zu.

***

Steiner schlich sich vorsichtig an die Hütte heran. Das knöchelhohe Gras wisperte bei jedem Schritt. Er vernahm weinerliches Wimmern.

Das Kiesbett, welches sich wie ein Miniatur-Burggraben, um die komplette Laube schlängelte, stank bestialisch nach Urin. Es war stockduster. Das Küchenfenster stand einen Spalt weit offen. Der Beamte blickte zögernd hinein und sah das kleine Mädchen unter dem Campingtisch mit angewinkelten Beinen hocken. Sie drückte ihren kleinen Körper gegen einen schweren Kühlschrank. Motten flogen auf.

>>*Josie, ich bin von der Polizei*<<, flüsterte Steiner durch das Fenster und zeigte dem Mädchen überflüssigerweise seinen Dienstausweis.

Das Kind wusste damit natürlich nichts anzufangen, das war ihm in dem Moment klar, als er den Ausweis gegen die Scheibe presste. Es schaute hoffnungsvoll zu ihm auf.

Josie wollte aufstehen und zu ihm an das

Fenster treten. Dabei stieß sie unachtsam mit dem rechten Fuß leere Bierflaschen um. Es klirrte. Fast zeitgleich stieß Steiner gegen einen an die Wand gelehnten Spaten, der sich nun langsam, wie in Zeitlupe, mit seinem Stiel an den Paneelen entlang scharrend, zu Boden neigte. Steiner bremste ihn erschrocken und stellte ihn wieder auf.

>>*Was war das?*<<, murmelte Frau Weber erschrocken.

>>*Bestimmt nur irgendein Vieh. Ich geh raus, mich umschauen. Du guckst in der Küche nach, was die Kleine macht, Lärm brauchen wir keinen*<<, sagte Kai und verschwand in die Nacht.

Frau Weber öffnete die Schiebetür, die widerspenstig auf zwei Blechschienen zur Seite ruckelte, und blickte böse auf die kleine Josie hinunter, die sich gleich wieder unter den Tisch geflüchtet hatte. >>*Scheiß Tür. Was quietscht die so ...*<<

Steiner duckte sich. >>*Mist ...*<< Und im gleichen Moment verspürte er einen Schlag auf seinem Hinterkopf. Ihm wurde schwarz vor Augen. Der Beamte sackte bewusstlos auf den Rasen.

***

>>Ich halte das nicht mehr aus.<<

Perke kam aus seinem Versteck hervor und huschte Richtung Hütte.

>>Steiner ... Luke ...<<, rief er flüsternd nach dem Beamten.

Keine Antwort. Es war totenstill. Mit leisen Schritten näherte er sich der Laube. Perke traute sich kaum, zu atmen.

Er versteckte sich hinter dem toten Baum vor der Terrasse und konnte einen Blick auf eine ihm unbekannte Person erhaschen, die in der Hütte am Fenster stand. Der schwarze Schattenriss verschwand und kam wieder. Die Person schien auf und ab zu gehen.

Er schlich sich näher ran. Zaghaft schaute der junge Familienvater durch das verschmierte Glas und erschrak. Steiner lag bewusstlos auf dem Boden. *>>Oh nein!<<*

Perke hockte unter dem Fenster der Laube und kratzte sich mit dem Schaft an der Stirn. *>>Denk nach, Junge ...<<*

Wieder blickte er durch das Fenster, als er

Frau Weber, die seine Tochter an der Hand hielt, aus der Küche kommen sah. >>*Sie lebt ...*<< Er konnte seine Tränen nicht unterdrücken.

>>*Knie dich da hin*<<, fauchte Frau Weber das kleine Mädchen an und schubste es zu Boden.

>>*Da, wo der Onkel liegt, wirst du auch gleich liegen*<<, lachte sie laut.

Perke zitterte am ganzen Leib. >>*Nimm die Finger von meinem Kind!*<<, dachte er. Er wollte seine Tochter sofort aus den Klauen dieser zwei Verrückten befreien.

Am liebsten hätte er das Fenster mit einem Stein eingeschlagen und wäre in die Hütte gesprungen. Sein Kind. Sein kleiner Schatz. Aber er musste überlegt vorgehen, sonst würde er bald neben Steiner liegen, und was dann mit Josie geschah, nicht auszudenken.

***

Die Situation spitzte sich zu. Mutter und Sohn diskutierten, wie es weitergehen sollte. Steiners linker Arm zuckte. Er blutete heftig am Kopf.

>>Ist der Wichser nicht tot?<<

Der Arm zuckte erneut. *>>Da, schau ...<<*, schrie die Webern. Kai wollte dem Beamten vor den Kopf treten.

Benommen öffnete Steiner die Augen. Die Schmerzen waren unerträglich. Eine Aspirin musste her. Ihm war schwindelig. Er sah den Fuß von Kai auf sich zukommen. Mit überkreuzten Armen schützte er sein Gesicht, konnte den Tritt von Kai abfangen. Mit geballter Kraft hielt er den Fuß fest und verdrehte den Knöchel.

Frau Weber wollte ihrem Sohn zur Hilfe kommen, doch Josie zerrte an ihr, instinktiv hatte sie sich an das Bein ihrer Erzieherin gehängt.

Kai jammerte lautstark und rief tatsächlich nach seiner Mama. Josie weinte. Die Webern schrie.

Steiner rappelte sich auf. Ihm war schwindelig. Er kniete auf allen Vieren vor Kai, der auf dem Boden lag und sich den Fuß hielt.

>>Du Wichser ...<<, maulte Steiner und schlug ihm mit der Faust ins Gesicht. *Einmal*

... zweimal ... dreimal ...

Perke war froh, dass Steiner noch lebte. Ein ordentlicher Adrenalinschub verhalf ihm zu mehr Mut. Geduckt schlich er sich auf Zehenspitzen an die Laubentür heran. Der Boden der Terrasse quietschte und knarrte. Mit der Pistole bewaffnet, atmete Perke tief ein und sammelte seine Gedanken.

>>*Das war ein Fehler!*<<, sagte Frau Weber energiegeladen und spuckte in Steiners Richtung.

>>*Was? Dass ich deinem Sohn eine verpasst habe oder dass ich nicht auf deine widerwärtigen Anmachversuche reingefallen bin?*<<

Steiner stand vom Boden auf. Er schüttelte sich kurz, klopfte seine Hose ab und stand halbwegs aufrecht vor der Alten und der kleinen Josie.

>>*Lass das Kind los!*<<, forderte der Beamte die Webern auf und zwinkerte dem Mädchen zu.

Frau Weber lachte.

>>*Ich glaube nicht, dass du in der Position bist zu verhandeln, du Arsch!*<<

>>*Ich denke doch. Deinem Sohn habe ich vorübergehend das Licht ausgeknipst. Und nun zu dir, Schlampe.*<<

>>*Lass das Kind los ...!*<<

***

Aus den Augenwinkeln sah Steiner den Familienvater vor der verglasten braunen Holztür stehen. Von innen wurde die Tür mit einem alten Glücksbärchi-Bettlaken verdeckt. Das Glas selbst war braun bepinselt worden. An einigen Stellen blätterte die Farbe jedoch ab. Er erkannte Perke gut genug.

>>*Und was, wenn nicht?*<<, entgegnete die Webern dem Beamten mit einem arroganten Unterton und zerrte Josie an sich wie einen Müllbeutel.

Perke öffnete vorsichtig die Tür und hielt Frau Weber den Lauf der Pistole an den Hinterkopf.

>>KLOPF... KLOPF...<<, flüsterte er leise.

>>*Ich denke, du hast keine andere*

Wahl<<, säuselte er ihr siegessicher ins Ohr.

>>Sonst schieße ich dir ein Muster in die Fassade. <<

>>Papa ...<<, freute sich Josie, biss Frau Weber fest in die Hand und huschte von ihr weg.

Reflexartig riss die ihre Hand nach oben und schrie kurz auf. *>>Du Mistvieh!<<* Josie hatte einen kräftigen Biss. Frau Weber drehte sich zu Perke um, schaute dem Vater überrascht in die Augen, doch sammelte sie ihre Wut umgehend.

>>Wir hätten das dumme Gör gleich töten sollen ...<<

Die Worte taten weh. Perke verlor kurz die Fassung und schlug der Frau auf die Nase. Sie kippte um.

>>Geil ...<<, lachte Steiner frech, hielt sich den Hinterkopf und wischte sich das Blut sogleich am Hosenbein ab. Sein Schädel brummte. Steiner riss einen Streifen der alten Decke ab und wickelte ihn sich um den Kopf.

Der Beamte blickte zu Kai, der am Boden lag, legte ihm die Handschellen an und stieß ihn absichtlich beim Hochhieven mit dem Kopf gegen die hässliche Schrankwand.

>>Oh, verzeih. Setz dich auf die Couch, du Clown!<<

***

Perke verabreichte der Webern einen Tritt in den Arsch, das musste sein, und zog sie am Kragen ihrer Joggingjacke zur Couch rüber, wo ihr Sohn, erbärmlich schniefend, hockte. Sohn und Mutter saßen aneinandergekettet auf dem alten Blümchen-Sofa und schwiegen. Steiner alarmierte seine Kollegen und einen Rettungswagen und zündete sich genüsslich eine Kippe an.

>>Ey, du Scherzkeks, hast du hier Schokoriegel?<<, fragte er Kai spöttisch.

Perke hob seine Tochter hoch, drückte sie fest an seine Brust und weinte. *>>Ich habe dich so lieb, mein Schatz. Wir sind bald Zuhause. Du hast uns so gefehlt.<<*

Josie grinste. *>>Ich hab dich auch lieb, Papi!<<*

26 Die Vernehmung

Steiner spazierte glücklich und zufrieden in die Polizeistation. Er schritt mit einem frischen Kopfverband den langen Flur entlang, blickte auf den nach Zitrone riechenden, frisch gebohnerten Steinfliesenboden, die Muster ähnelten einem gesprengten Minenfeld, streckte seine Arme seitlich aus und fuhr mit den Fingerkuppen die Raufasertapete entlang. *>>Es ist geschafft!<<* Es war immer noch Nacht und dunkel auf dem Revier. In ein paar Büros, wenigen an der Zahl, leuchteten fahle Tischlampen. Der Beamte wollte nur noch in sein Bett fallen und schlafen.

Die Kollegen aus dem Nachtdienst gratulierten Steiner herzlich, mit starkem Applaus – für seinen Erfolg. Sichtlich überrascht aber auch geschafft, verbeugte sich Steiner, wie ein Bühnenkünstler vor seinem Publikum, und genoss den Zuspruch seiner Kameraden.

Mit immer schwerer werdenden Schritten, berührt von der Anteilnahme, stampfte er an seinem Schreibtisch vorbei, schmiss den schweren Ledermantel mit einem Schwung auf seinen unbequemen Bürostuhl, der sich kurz drehte – und marschierte geradewegs in das Büro seines Vorgesetzten hinein.

***

>>Ich habe sie!<<

>>Du hast Josie gefunden?<<, weinte Sabine vor Freude.

>>Ja, mein Schatz. <<

Das war vor Stunden gewesen.

Perke saß, erleichtert, aber ausgelaugt, in einem kleinen Raum, auf einer noch kleineren dunkelbraunen Ledercouch und kratzte sich am Kopf. Vor dem müden Mann stand ein länglicher Tisch, auf dem drei Zeitschriften lagen und eine Schale mit Schoko-Minze-Bonbons stand. Die Jalousie am Fenster hinter ihm hing zur Hälfte herunter, und die ankommenden wie wegfahrenden Streifenwagen leuchteten die kleine Räumlichkeit aus.

Er hätte im Stehen einschlafen können, die

Last der letzten Tage war bleierner Müdigkeit gewichen. Perke wartete auf seine Tochter, um sie endlich wieder in die Arme schließen und mir ihr nach Hausen fahren zu können.

Die Geräuschkulisse auf dem Polizeirevier war minimal, und doch flogen ihm die tippenden Tastaturtöne aus den besetzten Büros um die Ohren. Der schlechte Kaffee, fad und wässrig, hielt Perke nur bedingt wach. Einen Vier-Sterne-Kaffee hatte der Vater nicht erwartet. Die Augenlider waren schwer. Blinzelnd schaute er auf sein Handy, scrollte im Telefonbuch herum, klickte auf den Namen Herzengel, so hatte er seine Frau abgespeichert, und teilte ihr den momentanen Stand mit.

>>Wir sitzen beide immer noch auf dem Revier. <<

>>Bald sind wir bei euch. Ich muss auflegen!<<

>>Ich liebe dich!<<

***

>>Chef, bevor du ein Wort verlierst, du kannst meine Dienstwaffe und den Ausweis bekommen, aber lass mir die Vernehmung. Ich bitte dich ...<<

Sein Führer, wie er ihn öfter mal nannte, lutschte an einem Kugelschreiber herum. Er kniff die Augen zusammen.

>>Steiner, wegen dir musste ich den DVD-Abend mit meiner Frau unterbrechen und hierher fahren ... DANKE!<<

>>Und jetzt mach dich ab. Wir reden morgen!<<

Voller Elan riss Steiner die Tür zum Vernehmungsraum 001 auf, blickte lächelnd hinein und schmiss die Tür hinter sich zu. Der Raum, etwa achtzehn Quadratmeter, war kahl, die Wände graugrün, eisig, deprimierend. Genau der richtige Ort für diesen Scheißkerl.

>>So, Kai ... nun sprich<<, forderte Steiner den pädophilen Kindermörder auf.

Der saß, zusammengerollt wie ein Embryo, auf einem gräulichen Stuhl und blickte zu Boden. Die Metallringe der Handschellen schnitten sich in sein Fleisch. Links war es besonders schlimm für den Mann. Die Haut an seinem linken Handgelenk verfärbte sich rot und juckte wohl. Er wollte die Dinger loswerden. Er wollte nicht in dem Raum zusammen mit Steiner sitzen. Kai wollte den Bullen am liebsten töten.

>>*Du hast eine steile Karriere hingelegt.*<<

Steiner legte dem jungen Mann unzählige Fotos von vermissten Kindern auf den Tisch.

>>*Erkennst du diese kleinen Seelen wieder?*<<

Uninteressiert und gelangweilt von der Prozedur auf dem Revier, legte Kai seine Arme auf seiner Brust ab und pustete in die Luft.

>>*Ein ganz Harter bist du*<<, klopfte ihm Steiner auf die Schulter und drückte fest zu.

Am liebsten hätte er ihm das Genick gebrochen.

>>*Weißt du, was sie im Knast mit Kindermördern, Vergewaltigern machen? Glaub mir, ich persönlich werde dafür sorgen, dass jeder in deinem neuen Zuhause weiß, weswegen du sitzt.*<<

Kai lachte zynisch. Er starrte gefühllos an

die Decke, wartete kurz, senkte seinen Kopf und spuckte Steiner auf die Stiefel.

>>Du kannst mir gar nichts, alter Mann!<<

Schulterzuckend und unberührt, wischte der Beamte seine tollen Stiefel an Kais Hosenbein sauber. Danach legte er dem Mörder das Foto des kleinen Robin, so, wie man den Jungen am Planetarium gefunden hatte, auf den Tisch und verließ stumm den Raum.

>>Kannst abschließen<<, sagte Steiner zu seinem Kollegen und ging eine Tür weiter, wo Frau Weber heulend auf dem Stuhl in Handschellen kauerte.

***

WhatsApp

>>Schatz, wir kommen gleich nach Hause. Ich liebe dich. Gib Micha einen dicken Schmatz von mir. Ich liebe euch!<<

Steiner öffnete die Tür zum Vernehmungsraum. Er betrat das Zimmer mit gespaltenen Gefühlen und schloss die Tür hinter sich.

>>Sind Sie gesprächiger als Ihr Holzkopf

von Sohn?<<

>>Bitte, lassen Sie Kai in Ruhe, er kann nichts dafür<<, jammerte Frau Weber.

Steiner schlug mit beiden Fäusten auf den Tisch. Der Vernehmungsraum 002 glich dem vorherigen.

>>Er kann nichts dafür? Josie ist Ihrem Sohn zugelaufen ... oder wie?<<

>>Wollen Sie mich verarschen?<<

Der Beamte zählte still bis drei.

>>Herr Steiner, Kai kann wirklich nichts dafür.<<

Frau Weber schnaufte aus, trank einen Schluck Automatenkaffee, den sie verlangt hatte, atmete tief ein und fing an zu erzählen. Sie schüttelte sich innerlich. Der Kaffee schmeckte scheußlich bitter.

>>Mein Mann ...<<

>>Der Typ auf dem Bild, welches in Ihrem Flur hängt?<<

>>Ja. Ihm gehörte die Hütte und ... er ... mein Mann hat vor dreißig Jahren vier Kinder in dieser Hütte getötet und vergraben. Reißen sie die Laube ab. Sie werden die

Überreste unter dem Küchenboden finden ... Ich habe ihn gestoppt.<<

>>Was?<<

>>Ja!<<

>>Und Kai, mein Sohn Kai, war das fünfte Opfer von ihm, doch das ließ ich nicht zu. Mein Mann wollte ihn vergewaltigen, da sah ich rot und erschlug diesen Teufel mit einem Hammer.<<

>>Und dann?<<

>>Danach vergrub ich seine Leiche vor der Terrasse und nahm den dreijährigen Jungen zu mir. Ich zog ihn auf ... Wie mein eigenes Kind!<<

Steiner traute seinen Ohren nicht.

>>Puh, das ist harter Tobak!<<, pustete er schnaufend aus.

>>Wo sind ihre Töchter?<<

Die Webern blickte auf zu dem Beamten, legte sich ein schmieriges Grinsen ins Gesicht, zwinkerte ihm zu. *>>Welche Töchter?<<*

***

Mit den neuen Informationen in der Hand, Steiner konnte es selbst nicht glauben, trabte er aus dem Verhörraum und gab seinen Kollegen die Infos bezüglich der zwei vermissten Mädchen. Sie sollten sich Auskunft von den Sanitätern einholen, die auf dem Spielplatz gewesen waren, sich in der Wohnung von Frau Weber sowie in der Gartenlaube umschauen.

>>Abschließen!<<

Nun ging er noch einmal in den Vernehmungsraum 001.

>>Weißt du eigentlich irgendetwas über deinen Vater?<<

Kai schwieg und blickte belustigt-fragend.

>>Nicht? Er verließ dich nicht, weil er keinen Bock auf dich hatte ...<<

Kais Körper zuckte kurz.

>>Er sucht dich bestimmt noch heute! <<

>>Der andere Typ, der war nicht dein Dad, aber er war genauso ein Schwein wie du.<<

Kai blickte auf und rüttelte an den Handschellen.

>>Ja, der Typ wollte dich töten. Deine Eltern wissen bis zum heutigen Tage nicht, was aus dir geworden ist!<<

>>Die Frau im Nebenzimmer ist nicht deine Mutter!<<

Ungestellte Fragen hangen wie dichter Saunadampf im Vernehmungsraum. Der Typ war erschöpft und kraftlos und überrascht. Die Informationen über seinen Vater schmeckten Kai überhaupt nicht, doch das ging Steiner am Arsch vorbei.

Er war zufrieden, fürs Erste.

Doch wie es diese Weber fertigbekommen hatte, Kai so lange unerkannt aufzuziehen, ihn als ihr eigenes Kind auszugeben, war ihm ein großes Rätsel. Augenscheinlich war sie irgendwie an Papiere gekommen, immerhin hatte Kai eine Schule besucht. Und ohne Dokumente ging in diesem Staat gar nichts.

Und was war mit ihren Töchtern? Den Mitschülerinnen von Robin?

27 Familienglück

Steiner spazierte erleichtert pfeifend zu seinem Schreibtisch, warf einen kurzen Blick durch den Raum und schnappte sich seinen Ledermantel, den er über die Schulter warf. Dann fuhr er Peter Perke und Josie, die vor Ort von einem Rettungsarzt untersucht worden war, mit breitem Lächeln nach Hause.

Die Fahrt war ruhig. Wie schön, die kleine Josie im Rückspiegel zu sehen, wie sie sich zufrieden und in Sicherheit an den Bauch ihres Papas schmiegte. *>>Geschafft!<<*

Während der Fahrt schwiegen sie. Nicht einmal das Radio tüddelte vor sich hin. Es war still. Perke hielt seine Tochter im Arm, und Steiner war einfach nur glücklich. Aus einem ihm unerklärlichen Grund musste er an den kleinen Robin denken – ein dankbares Lächeln zeigte sich. Steiners Schuldgefühle, Robin nicht gerettet zu haben, lösten sich auf.

Angekommen.

Die Autotüren flogen auf. Perke verabschiedete sich wortlos mit einem kräftigen Handschlag von dem Kriminalbeamten, der sich über Josies Umarmung herzlich freute, er schnappte sich seine Tochter, hob sie hoch und spazierte mit stolzen Schritten in das Haus hinein.

Steiner hielt inne. Er schaute Papa und Tochter hinterher, wie sie im Eingang verschwanden und dachte mit hochgezogener Oberlippe an seine beiden Kinder, die vor einiger Zeit aus Frust den Kontakt zu ihrem Vater eingestellt hatten. Er zückte sein Handy und tippte seiner Ex-Frau drei einfache, aber vom Herzen kommende Zeilen. Gesendet.

Sabine und Micha warteten sehnsüchtig auf Peter und Josie. Beide liefen in der Wohnung, wie nervöse Tiger im Zoo. Festtagsbeleuchtung in allen Räumen. Es klackte. Das Schloss sprang auf. Mit Freudentränen in den Augen kniete sich Sabine zu Boden und schloss ihre kleine Prinzessin in die Arme.

>>*Ich hab dich so lieb, mein Schatz!*<<, flüsterte sie leise.

Ihr Bruder ließ es sich nicht nehmen und

tippte Josie sanft auf den Kopf. *Ich kann dich auch irgendwie leiden*, und Peter, der einfach nur glücklich war, drückte seinen Sohn, hielt Sabines Hand und grinste über beide Ohren. Micha klammerte sich an der Hüfte seines Papas fest und lächelte stolz.

>>*Vorbei der Albtraum!*<<, schnaufte Peter Perke erleichtert aus.

Luke Steiner stand müde und erschöpft auf dem abgetretenen Bordstein unter der schwach leuchtenden Straßenlaterne, schaute hoch zu Familie Perke, die sich im Wohnzimmer in den Armen lag, steckte sich lachend eine Kippe in den Mund, überlegte kurz und schmiss die Zigarette samt Schachtel weg.

Es war noch einiges zu tun.

28 Die Sitzung

>>*Frau Weber, können Sie mir sagen, wie Sie sich gefühlt haben, als Sie Ihren Mann mit dem Hammer erschlugen?*<<

Die ältere Frau, nicht größer als einen Meter sechzig, saß das erste Mal in dem mintgrün gestrichenen Raum. Ihre Mimik schlaff. Sie war ein neuer Insasse der Haftanstalt, noch keine vierundzwanzig Stunden hier.

Die Räumlichkeit war minimalistisch, dennoch ansprechend. Es duftete nach Lavendel. Die Befragte trug einen dunkelblauen Kapuzenpullover, eine olivgrüne Hose und schlichte weiße Turnschuhe, mit Gummizug, ohne Schnürsenkel. Ihre linke Hand war mit Handschellen an einem stabilen Ring gekettet, dieser ragte zur Hälfte aus der Platte eines schweren, im Boden verankerten Tisches. Die Fesselung schien unnötig, aber lieber ging die Fragestellerin auf Nummer sicher.

Die Patientin hockte auf einem braunen Chesterfield-Sofa, das Leder glänzend, abgewetzt. Zahlreiche Bilder mit afrikanischen Motiven hingen, akkurat aneinandergereiht, an der

Wand. In dem Zimmer standen zudem eine zierliche Kommode, ein Stuhl und ein kleinerer Beistelltisch. Massive Eisengitter vor den Fenstern signalisierten, dass ein Ausbruch zwecklos sei – bis zum heutigen Tag hatte es in dieser Einrichtung noch keinen Fluchtversuch gegeben.

Ihr ausgewaschenes blondes Haar fiel kraftlos auf ihre Schultern und umrahmte das faltige, farblose Gesicht. Eintönig kratzte sie mit ihren abgekauten Fingernägeln der freien Hand über das weiche Büffelleder. Ansonsten rührte sie sich nicht. Teilnahmslos zählte sie in Gedanken die Sekunden, bis sie wieder in ihre Zelle zurück könnte. Diese Sitzung fand sie übergriffig, die Psychologin hatte gefälligst nicht in ihrem Kopf zu wühlen. Andererseits, in gewisser Weise war sie stolz auf ihr Tun. Vielleicht sollte sie doch mal aus dem Nähkästchen plaudern.

***

Die Seelenklempnerin saß entspannt auf ihrem Stuhl, die Beine übereinandergeschlagen, einen Block in der Hand und kritzelte, unberührt von der Null-Bock Einstellung ihrer Patientin, einige Notizen aufs Papier, vielleicht malte sie auch nur Strichmännchen, was wusste die Weber schon.

Jedes Mal, bevor die Psycho-Tante den Kugelschreiber auf dem Block aufsetzte, warf sie der Weber einen schiefen Blick zu. Vielleicht malte sie ja auch ein Portrait von ihr?

Seit sechs Jahren arbeitete die Psychologin bereits in der Haftanstalt für Frauen, und kaum etwas konnte sie noch erschüttern. Täglich begegnete sie Straftäterinnen, Räuberinnen, Mörderinnen und Vergewaltigerinnen, ja, es gab tatsächlich Frauen, die vergewaltigten. Ihre Passion war es, hinter die Fassaden der Verbrecherinnen zu blicken. Was ging in deren Köpfen vor? Sie war eine renommierte, im ganzen Land anerkannte Koryphäe auf dem Gebiet der Verhaltensanalyse und schrieb gerade an ihrem zweiten Buch. Fälle wie die der Weber, die es als Medienspektakel monatelang in TV und Zeitungen schaffen würden, waren ein perfekter Push für ihr Image.

Der Raum war zwar schlicht gehalten, auf eine Anordnung von Oben hin, doch sie hatte es sich nicht nehmen lassen, ihre persönliche Note einzubringen. Und Mintgrün, so war sie sich sicher, beruhigte den Geist.

Ein leises Räuspern, und plötzlich plauderte die Weber drauf los. Sieh mal an, sie sprach, und wie.

>>Ich fühlte mich gut! Als ich ihn unter der Hütte vergrub, fühlte ich mich noch besser<<, prahlte sie mit halbwegs fester Stimme, rieb allerdings nervös die Nägel ihrer Daumen mit den Zeigerfingerkuppen.

>>Ja, das Schwein hatte es nicht anders verdient. Bei mir keinen mehr hochkriegen, und dann den kleinen Kindern so etwas antun.<<

>>Ging es Ihnen dabei um sich oder um die Kinder, die Ihr Mann vergewaltigt und ermordet hat?<<, fragte die Psychologin vorsichtig und fast schon Anteilnahme vermittelnd, sie wollte auf keinen Fall, dass die Weber in ein Schneckenhaus kroch und verstummte.

>>Ich habe nicht gewusst, mit was für einem Mann ich zusammenlebe. Er wollte irgendwann nichts mehr von mir wissen. Und als ich in die Gartenlaube kam und meinen Mann mit heruntergelassener Hose vor dem dreijährigen Jungen sah, dieses Monster...<<

>>Ich sah Rot! Ich griff das Erstbeste, was ich in die Finger bekam und schlug zu. Immer wieder und immer fester. Ich war wie im

Rausch. Als ich irgendwann zu mir kam, sah, dass sein Schädel komplett zertrümmert war, Blut und Hirnmasse waren ausgetreten, das Schwein hatte kein Gesicht mehr, hörte ich auf. Ich konnte doch nicht zulassen...<<

Die Psychologin erweiterte ihre Notizen. Sie musterte die Insassin skeptisch.

>>Sie haben 1989 Ihrem Gatten mit einem Hammer den Schädel zertrümmert, und dreißig Jahre später entführten Sie mit ihrem Sohn Kai ein vierjähriges Mädchen aus der Kita-Einrichtung, in der sie arbeiteten... Erst schützen Sie Kai vor ihrem Mann, dann werden Sie selbst zum Täter? Warum?<<

>>Ja, und?<<

>>Ich entnahm aus dem Polizeibericht, Ihnen war das Kind vollkommen egal. Und was Kai betrifft ....<<

>>Empfinden Sie kein Mitgefühl, keine Reue?<<

Frau Weber grinste.

>>Das mit meinem Mann wäre nicht herausgekommen, wenn wir dieses kleine Mistvieh sofort umgebracht hätten!<<

***

Und die erzählte…

Die junge Witwe, von der keiner ahnte, dass ihr Mann in einem Kleingarten unweit seiner jungen Opfer begraben lag, zog den Dreijährigen wie ihr eigenes Kind auf. Die Eltern des Jungen litten derweil Höllenqualen, wussten sie doch nicht, wo er war, ob noch am Leben… diese Ungewissheit begleitete die Bemitleidenswerten die kommenden Jahrzehnte und legte sich als grauer Schatten auf deren Existenz und das ihrer Familien.

Als wäre der Erschlagene niemals Teil ihres Lebens gewesen, löschte Frau Weber die Erinnerungen an ihren Gatten aus. Vielleicht war es auch eine Form des Selbstschutzes, die ihr ermöglichte, die Jahre mit dieser Bestie auszublenden.

Dass von heute auf morgen ihr Mann nicht mehr da war, konnte sie umgehend erklären. Sein Abschiedsbrief erschütterte jeden, wie nur hatte er sie verlassen können?

Drei Jahre vor seinem gewaltsamen Tod durch ihre Hand war sie schwanger gewesen. Sie hatte sich so gefreut, es schlug ein Herz unter ihrem Herzen, sie würde Mutter, und vielleicht würde es dieser Ehe, die immer kühler geworden war, auch guttun. Er hingegen war geschockt und zeigte ihr seine Abneigung ganz offen. Ein Balg war nichts für ihn.

Eines Nachts wachte sie auf einem blutgetränkten Laken auf. Vielleicht war ihr Sturz die Ursache gewesen. Er hatte sie tags zuvor gegen die Wand im Bad gestoßen. Sie hatten gestritten, er hatte ihr erklärt, mit dem Kind könne sie sich verpissen, er wolle es nicht, auf keinen Fall. Und sie hatte es gewagt, ihm Widerworte zu geben. Dann hatte er die Hand erhoben und bei dem Versuch, der Faust auszuweichen, die gleich auf sie niedergehen sollte, war sie gestrauchelt und gefallen, mit dem Bauch auf die Kante der Duschwanne.

Er lag neben ihr, erwachte durch ihr Gewimmer, fühlte sich im Schlaf gestört, brachte ihr immerhin ein paar Handtücher und zog dann auf das Sofa.

Als die kaum erträglichen Schmerzen vorbei waren, lag zwischen ihren roten Schenkeln ein winziges Wesen, nicht zum Leben geboren. Sie hielt es an ihre Brust, wärmte es, streichelte es, betrachtete die winzigen Finger, die kleinen Füßchen. Es war ein Junge. Ihr Kind, er hätte Kai heißen sollen.

Sie erzählte niemanden von der Fehlgeburt; mit Kissen unter Pullovern und Shirts blieb sie schwanger. Sie wollte ihr Kind nicht verloren haben.

Stattdessen erfand sie nach dem eigentlichen Geburtstermin eine rührende Geschichte. Ihr Sohn würde in einer Klinik in Prag liegen. Er hätte eine sehr schlimme Krankheit, die in Prag am besten behandelt werden könnte. Man konnte den Leuten wirklich alles erzählen, sie glaubten jeden Mist, wenn man ihn nur gut genug verpackte.

Einmal im Monat tauchte sie ein ganzes Wochenende lang unter und erzählte zuvor, dass sie nun bald wieder bei ihrem Sohn in Prag sei. So blieb ihr Kai erhalten. So blieb sie seine Mutter. Für jeden. Nur ihr Mann sagte, sie solle diese Spinnerei lassen, sie sei doch nicht ganz dicht und gehöre in die Klapse.

Da ihr Mann sie der Familie entfremdet hatte, auch sonst kaum Kontakt zu anderen Menschen bestand, konnte sie dieses Schauspiel recht gut aufrechterhalten.

Und dann stand drei Jahre später dieses Schwein vor dem armen Kind. So brutal es auch war, die Tat ihres Mannes bescherte ihr den Sohn, den sie verloren hatte. Sie nannte den Kleinen Kai, wie denn sonst?

Sie spielte die perfekte Rolle. Die Rolle der sitzengelassenen Frau und Mutter, deren Sohn unheilbar krank war und auf wundersame Weise plötzlich geheilt schien. Nach und nach nahm sie Kontakt zu denen auf, die ihr Mann ihr vorenthalten hatte. Sie kehrte in ihr altes Leben zurück, um ein Kind reicher.

An einem Sonntagnachmittag rief Monika ihre Familie und ihre engsten Freunde zu sich, um endlich allen den Neuzugang vorzustellen.

>>Liebe Mama, lieber Papa, Freunde, das ist Kai, mein Sohn!<<

***

>>Sind wir fertig?<<.

>>Wir haben noch zehn Minuten!<<, antwortete die Psychologin.

>>Das ist mir egal! Ich will wieder in meine Zelle.<<

Die Tür flog auf…

29 Vom Charmeur zum Tier

Die Sonne brannte. Schwüle flirrte um die Nase des kleinen Jungen, der mit einem lauten Freudenschrei aus dem Schulgebäude sprang. Hoch oben in den Baumkronen raschelte der aufgewärmte Wind mit den Blättern. Es war Freitag, das Wochenende stand vor der Tür. Der zehnjährige Frechdachs freute sich auf den Nachmittag mit seinen Freunden. Fußballspielen war angesagt.

Jörg war ein lebhafter Junge. Streiche spielen, Rangeleien mit Mitschülern, Lehrern widersprechen. Er hatte bald seinen angestammten Platz im Sekretariat und sah den Schuldirektor häufiger, als ihm lieb war. An jenem Nachmittag schlenderte der Junge seelenruhig, immer mal wieder auf einem Bein hüpfend, die Straßen entlang und zerrte seinen ledernen Schulranzen an den langen Tragegurten über das aufgeheizte Kopfsteinpflaster.

Er hatte noch Hausaufgaben auf, aber die Schularbeiten spielten keine große Rolle in seinem Leben. Was man an den Schulnoten sah. Ihn kümmerte nicht, was die Lehrer sagten.

Zuhause musste er wegen seines schulischen Versagens nichts befürchten. Der Vater starb kurz nach der Geburt, und die Mutter arbeitete von früh bis spät im Familienunternehmen, weshalb seine Oma auf ihn und seine Schwester aufpasste. Bequemer konnte er es nicht haben. Seine Kumpel beneideten ihn dafür. Die Mädchen aus der Klasse sahen das etwas anderes. Sie lachten ihn hinter seinem Rücken aus und tuschelten über seine schlechten Noten.

Jörg mochte seine Oma. Sie war ein herzensguter Mensch. Großmutter trug stets einen ihrer Lieblingshüte und verließ nie das Haus, ohne ihren knallroten Lippenstift aufgetragen zu haben. Gutes Parfüm musste ebenso sein. Eleganz war ihr wichtig. Sie lachte gern und erzählte oft Witze. Eine humorvolle Frau, die sich nichts aus autoritären Regeln machte. Kinder zu schlagen, war ihr so fremd wie auch Hass, der selbst nach dem Ende des zweiten Weltkriegs noch durch die Gassen der Stadt schlich und sich in die Köpfe der Dummen fraß.

Nach dem Tod ihres Mannes blieb sie für sich. Ihr Mann Heinz war ein bekennender Anhänger von Hitler gewesen. Einst war er ein gutaussehender Schmeichler, dann änderte er sich. Doch sie blieb bei ihm und duldete die Launen ihres Mannes. Damals machte man das so. In ihrem Tagebuch, welches man später unter dem Bett, fand, stand geschrieben; ***Herr, sei mir nicht böse, aber bitte nimm meinen Mann in deine Obhut. Mach, dass er nicht mehr heimkehrt. Im Kriege soll er fallen.*** Er hatte sich zu einem Ekel entwickelt. Wann immer er Sex wollte, sie musste spuren. Und tat sie dies nicht, erhob er die Hand und vergewaltigte sie anschließend. Heimlich nannte sie ihn ein Monster.

***

Mit den Jahren verschlechterte sich Jörgs Benehmen. Schlägereien mit anderen Kindern waren an der Tagesordnung. Der Heranwachsende wurde immer launischer, in der Schule sackte er vollständig ab. Die Leute redeten über ihn. Seine ehemaligen Freunde hielten teilweise Abstand. Dominant war er, und extrem manipulierend.

Mit elf Jahren interessierte er sich plötzlich nicht mehr für Fußball. Er war von allem genervt. Jörgs Mutter hatte die Streitigkeiten mit ihrem Sohn satt und drückte der Großmutter immer mehr Verantwortung für die Erziehung ihrer beiden Kinder auf. Sie drang nicht mehr zu ihrem Ältesten durch; vernachlässigte auch die Tochter.

Beide Kinder besaßen laut Aussage ihrer Mutter schwierige Charaktere.

>>Eigenschaften, die geformt werden müssen<<, sagte Jörgs Oma. Doch sie verlor den Draht zu ihrer Tochter und kümmerte sich notgedrungen um ihre beiden Enkel.

Seine Schwester Nicole spielte gerne das liebe Mädchen, das sie allerdings keineswegs war. Zwei Mal mit den Kulleraugen gezwinkert, und ihr lag die Welt zu Füßen. Sie genoss es, ihrem Bruder Streiche zu spielen, die zu Bestrafungen führten. Sie grinste in sich hinein und freute sich über die Schläge, die der Bruder einstecken musste. Denn die Mutter hielt zwar nicht viel von der Erziehung ihrer Kinder an sich, von körperlicher Züchtigung jedoch schon einiges.

>>Mein dummer Bruder...<< Das Mädchen war zickig und fordernd. Mit ihren nicht einmal acht Jahren war sie sehr verwöhnt und spitzzüngig, was Jörg nervte.

Eines Nachts, er hatte am Nachmittag wieder Ärger bekommen wegen ihr, lag er wutentbrannt in seinem Bett, starrte nachdenklich an die Zimmerdecke und schmiedete einen perfiden Plan.

Er sprang aus dem Bett, schlich sich auf leisen Strümpfen in das Zimmer seiner Schwester. Vorsichtig öffnete er die Tür, huschte zu ihrem Bett und klebte Nicole den Mund mit Klebeband zu.

Die Oma schlief tief und fest, die Mutter vergnügte sich irgendwo in irgendeinem fremden Schlafzimmer. Er zerrte seine Schwester an den Haaren hinunter in den Keller, wo er sie auf einen alten Holzstuhl setzte und ihre Arme mit einem Seil an die Stuhllehne band.

>>Ich hasse dich!<<

Er fühlte sich überlegen, genoss die Angst in ihren Augen, die der Verblüffung gewichen war.

>>Na, nicht mehr so vorlaut, oder wie?<<

Als er eine halbverweste Ratte aus einem alten Kartoffelsack holte und sie ihr unter die Nase hielt, stieß das Mädchen durch das Klebeband ein leises Winseln aus.

Sie zitterte am ganzen Körper. Jörg wusste von ihrer Panik vor Ratten und freute sich wie ein Schneekönig, als Nicole ihre Blase nicht mehr unter Kontrolle halten konnte, es plätscherte. Jetzt hatte er sie.

***

Mit vierzehn Jahren lernte Jörg ein nettes Mädchen aus der Parallelklasse seiner Schule kennen. Sie war gerade erst mit ihrer Familie nach Halle gezogen. Ein zierliches und hübsches. Jörg suchte auf der großen Pause das Gespräch mit dem Mädchen mit dem zauberhaften Lächeln.

\>>*Hi. Ich bin Jörg!*<<, sprach er sie an.

\>>*Hi, ich heiße Moni, also Monika*<<, antwortete sie heiter.

\>>*Bist du die Neue, von der alle erzählen?*<<

\>>*Ja, die bin ich!*<<, sie zwinkerte.

Aus dem Kennenlernen auf dem Schulhof wurde eine innige Freundschaft, die sich hielt und letztlich zu einer Beziehung führte, zu einer ersten zarten jungen Liebe. Fortan gab es nur noch Moni und Jörg. Die beiden waren unzertrennlich und machten fast alles zusammen. Sie wurden von ihren Freunden spaßeshalber **Jörgimo** genannt.

Moni liebte ihren Jörg. Er war groß und sportlich und hatte immer einen Witz auf Lager. Auch wenn viele junge Lieben nur ein kurzes Haltbarkeitsdatum haben, bei den beiden war es anders.

Leider zog Jörg mit seinen Eltern nach Bitterfeld, doch sie sollten sich später ein weiteres Mal treffen und erneut zusammenkommen.

Nach einigen Jahren Beziehung machte Jörg ihr einen Heiratsantrag. Sie hatte schon sehnsüchtig darauf gewartet. Bald zogen sie in eine gemeinsame Wohnung. Sie waren zwanzig, als die junge Frau ihrem Verlobten die freudige Nachricht mitteilte, dass sie ein Kind von ihm erwarte. Schnell wandelte sich die Überraschung der beiden in Begeisterung um. Das junge Glück freute sich auf den Nachwuchs und schmiedete die schönsten Pläne.

Die siebziger Jahre waren aufregend. Neue Stadtteile entstanden, Arbeitsplätze schossen aus dem Boden wie Pilze, und es wurde schriller und bunter überall. Alles schien so positiv.

Das junge Familienglück bekam im Stadtteil Neustadt eine tolle Vier-Zimmer-Wohnung im sechsten Stock eines Hochhauses, Jörg fand sehr schnell Arbeit beim Postamt. Die Monate vergingen wie im Flug, Monikas Bauch wuchs prächtig. Die ganze Familie freute sich auf das Baby. Doch wo viel Sonne ist, auch viel Schatten. Im siebten Monat erlitt Monika eine Fehlgeburt. Das Glück suchte sich eine andere Bleibe, bei dem jungen Paar zog das Elend ein.

Mit den Jahren wurde Jörg ein übellaunischer Trinker. Er kam des Öfteren nachts nicht nach Hause. Für Monika war dies eine bittere Zeit. Sie waren noch immer nicht verheiratet, die Trauer um das verlorene Kind wollte nicht weichen und ihr langjähriger Verlobter, der sich immer mehr von ihr abwandte, brach ihr zunehmend das Herz.

Die Jahre strichen ins Land, und das Pärchen entschloss sich für einen Neuanfang.

Monika kämpfte um ihren Jörg. Schauderhafte Bilder von anderen Frauen, die sich mit ihrem Mann vergnügten, peinigten sie. Monika wusste um dessen Untreue, doch überspielte sie Trauer und Wut. Die heile Welt war ihr wichtig. Niemand wusste von Jörgs Fehltritten. Nicht einmal seine Eltern.

>>Egal, was du in all den Nächten gemacht hast, ich will es nicht wissen; lass uns einfach von vorn beginnen.<<

Sie heirateten im Geheimen und überraschten die Verwandtschaft mit der Neuigkeit.

Der Neuanfang schien ein Erfolg. Jörg hielt sich an seine Versprechen, und Monika blühte neu auf. Es dauerte nicht lange, da erwarteten sie erneut ein Kind, im Jahr 1986 brachte sie einen gesunden Jungen zur Welt, den sie anhimmelten.

Doch bald veränderte sich Jörg erneut. Er floh aus der Beziehung, trank wieder, wurde grausam, brutal. Sie bekam Angst!

30 Die Nacht zum Tag gemacht

Eines der vier Kinderskelette lag in Embryonalstellung in der einen Meter tiefen Grube, rotes Angelgarn um den Hals. Das kleine Kind hatte wohl versucht, mit den Fingern unter die festgebundene Sehne zu gelangen, um wieder atmen zu können. Die knochigen Fingerspitzen unter der Schnur deuteten darauf hin.

>>Sternenklar ist die Nacht!<<

Ich habe mich gefreut, dass der Fall aufgeklärt ist und glimpflich, bis auf ein paar Spuren und Schrammen, über die Bühne gebracht werden konnte. Es war eine große Erleichterung für mich, Peter und seine Familie zusammen zu sehen. Die kleine Josie war putzmunter wieder bei ihren Eltern. Dem Mädchen war kein Haar gekrümmt worden. Ich hoffte, die psychischen Folgen wären reparabel. Kinder steckten solche Erlebnisse manchmal erstaunlich gut weg.

Ich ließ keine Zeit verstreichen und fuhr noch am selben Abend zurück zur alten Laube, um mir weitere Fakten von der Spurensicherung geben zu lassen. Kai war ein widerwärtiges Schwein. Zu sehen, mit welch einer Präzision er seinen ausgeklügelten Plan in die Tat umgesetzt hatte, er die kleine Josie am helllichten Tage aus einer Kita entführt und in der alten Gartenanlage über Tage versteckt gehalten hatte, sagte mir, dass ich es hier mit einem Monster zu tun hatte. Es war mir gelungen, die kleine Josie aus den Klauen dieses Ungeheuers zu befreien, aber leider verloren auf seinem egoistischen Feldzug drei weitere Kinder und eine Frau ihr Leben, diese Morde hatte man ihm mittlerweile zuordnen können. Ich musste schnell sein. Keine Spur durfte verschwinden. Ich fragte mich, wie er als Jugendlicher wohl gewesen war.

Vor Ort zeigte sich mir ein trauriges Bild. Wie Frau Weber bei der Vernehmung angegeben hatte, befanden sich tatsächlich vier Kinderskelette vergraben unter der alten Laube und ein Skelett eines Mannes, welches man sechs Meter weiter und eineinhalb Meter tief vergraben unter der angebauten Veranda fand. Vier kleine Kinder hatten hier ihr Leben ausgehaucht. In der Vernehmung schockierte mich die Aussage, dass Monika Weber ihren Mann mit einem Hammer totgeschlagen hatte, kaum. Verdient hatte es der Typ, wenn es stimmte, was die Weber erzählt hatte. Wer vier kleine Kinder zu Tode quälte, der hat nichts Besseres verdient.

Unter einem der Skelette fand die Spurensicherung einen bräunlich-schmierigen Briefumschlag, eingeschlagen in Folie und erstaunlich gut erhalten. Einer der Beamten legte den Briefumschlag vorsichtig auf einen Holztisch und öffnete ihn sacht mit einer Pinzette.

Im selben Moment rief mich meine Kollegin an.

>>Steiner, komm schnell zur Wohnung der Webern!<<

>>Bewege sofort deinen Arsch hierher. Du glaubst nicht, was wir gefunden haben.<<

***

Ich sprang in mein Auto und fuhr zu Wohnung der Weber. Wüste Bilder malte ich mir während der Fahrt aus. Wieder musste ich an den kleinen Robin denken. Am Tag seines Verschwindens auf dem Baschkirischer Spielplatz passte Frau Weber auf ihre beiden angeblichen Töchter auf, die ja mit ihr zusammen gesehen worden waren, und nicht nur das, eines der Mädchen war ja auch im Krankenhaus behandelt worden. Auch wenn Frau Weber nun behauptete, sie hätte gar keine Töchter, wer und wo waren dann die beiden Mädchen?

In der Wohnung angekommen, traf mich der Schlag. Die Scheinwerfer der aufgestellten Strahler durchfluteten das staubige Treppenhaus des Gebäudes. Nachbarn gafften aus ihren leicht geöffneten Wohnungstüren. Nur einen winzigen Spalt, doch ich konnte die schaulustigen Fratzen sehen.

Die Wohnung der Verdächtigen stand sperrangelweit offen. Meine Kollegin stand, weiß wie eine Kalk-Wand, im Hausflur und zog mich an meinem Ärmel in das Schlafzimmer, wo mich ein unglaublich beißender Geruch überfiel. In einem Kleiderschrank gab es eine Geheimtür, die in einen weiteren Raum führte. Kaum Luft zum Atmen; und in dieser Kammer stand ein Käfig, in dem sich die beiden vermissten Mädchen befanden. Nicht älter als sieben Jahre. Das mussten die Klassenkameradinnen von Robin sein, die angeblichen Töchter der Werbern. Eines der beiden Mädchen saß da und schaute uns apathisch mit gebrochenem Blick an, völlig ausgemergelt, den Kopf an das Gitter gelehnt, den spindeldünnen Ärmchen fehlte die Kraft, sich zu heben. Neben ihr am Boden lag das andere Mädchen, mit dem Gesicht nach oben auf dem Rücken. Es waren eindeutig Zwillinge.

Ich musste mich hinsetzen. Der Anblick traf mich so tief im Herzen, dass es fast zerbrach. Ein Ärzte-Team kümmerte sich um das überlebende Mädchen, ihre tote Schwester wurde zärtlich mit einem weißen Tuch bedeckt und von zwei Männern hinausgetragen.

>>Was für ein Monster muss die Webern nur sein?<<

Die Spurensicherung suchte weiter akribisch jeden einzelnen Zentimeter in der Wohnung nach Beweisen ab. Ein Gewusel überall. Ich stand im Schlafzimmer und betrachtete die offene Nachttischschublade. Creme, Kondome und zwei Vibratoren lagen in der Schublade. Ich war sauer.

>>Die alte Schlampe geht mir nicht durch die Lappen!<<

>>Kannst du bitte für mich weitermachen?<<, fragte ich meine Kollegin.

>>Klar!<<.

Unten, auf der Straße, war das Verlangen nach einer Kippe groß. Mir gingen die Bilder von diesem Käfig nicht aus dem Kopf. Ich war so angewidert und so wütend zugleich. Am liebsten hätte ich der Webern und ihrem Sohn die Köpfe eingeschlagen.

Zurück auf dem Revier, schaute ich mir alle Beweisstücke an, die man in der Hütte gefunden hatte. Da, der Briefumschlag. Dieser alte vergammelte Briefumschlag hatte es mir angetan. Ich zögerte nicht lange und entnahm den Inhalt des Kuverts. Es rutschen Fotos heraus, die Missbrauch in einer Art Bilder-Tagebuch festhielten; sauber und akkurat dokumentiert, auf den Rückseiten der Fotos protokolliert.

(1985 - 1989) Steiner wunderte sich über die Zeitangabe, die auf der Rückseite der Fotos geschrieben stand.

>>Wann ist Kai nun geboren?<<

Auf einem der Fotos sah man eine erwachsene Person über einem vier oder fünf Jahre alten Kind knien. Der kleine Junge lag auf dem Rücken und flehte erfolglos um sein Leben. Er musste fürchterliche Ängste durchlebt haben. Die Person hielt seine Arme fest und drückte mit den Füßen die Beine des Kindes, dessen Augen in Todesangst aufgerissen waren, stramm zu Boden. Auf anderen Fotos waren weitere Übergriffe auf Kinder zu sehen. Einige Fotos klebten zusammen. Es war einfach abscheulich.

***

Ich riss die Tür auf und platzte unangemeldet in eine Sitzung von Monika Weber und ihrer Psychologin herein.

>>*Hallo, Herr Steiner, könnten Sie bitte draußen kurz warten?*<<, fragte mich die Psychologin mit säuselnder Stimme.

>>*Nein! Ich brauche nicht lange.*<<

Mein Blick fokussierte sich auf Frau Weber.

>>*Hallo, Monika, so schnell sehen wir uns wieder!*<<

>>*Was willst du, dreckiges Bullenschwein? Ich habe der studierten Schnepfe gerade alles über Jörg und seine Taten erzählt.*<<

>>*Hast du das tatsächlich?*<<

>>*Welchen Teil deiner Geschichte hast du dabei ausgelassen?*<<

>>Herr Steiner, könnten Sie mir bitte erklären, was hier gespielt wird?<<, fragte die Psychologin wütend.

>>Das kann ich!<<, antworte ich und schmiss die Fotos auf den Tisch.

Frau Weber warf einen erschrockenen Blick darauf, dann drehte sie sich zur Seite.

>>Es ist doch so, Monika, vier Kinder und das Skelett eines Erwachsenen haben wir unter deiner Gartenlaube gefunden. So weit, so gut. Doch kommen wir jetzt zum wichtigsten Teil, den du uns bisher verschwiegen hast!<<

>>Ich habe gar nichts verschwiegen.<<

>>Nein? Und was ist mit den beiden Mädchen, die wir hinter deinem Kleiderschwank in einem Käfig fanden; eine davon ist bestialisch krepiert...<<, schrie ich das Miststück an.

Sie schaute mich mit leerem, düsterem Blick an und senkte ihren Kopf zu Boden.

>>Auf den Fotos wurden detailverliebt jede Misshandlung und jeder Mord an den Kindern und wohl auch an dem Mann, den wir unter der Veranda fanden, festgehalten. Doch nie war der unbekannte Jörg Weber zu sehen. Auch hat Frau Weber laut amtlichen Registern

nie eine Ehe geführt. Wo ist dein angeblicher Mann, Webern?<<

>>Herr Steiner, ich verstehe gerade gar nichts mehr!<<, sagte die Psychologin und schlug beide Hände über dem Kopf zusammen.

>>Ganz einfach, Frau Doktor. Es gab keinen Mann, der all die Kinder vergewaltig und ermordet hat. Es gab nie einen Jörg Weber, der diese grauenvollen Taten begangen haben könnte.<<

>>Ich verstehe nicht ganz...<<

>>Frau Monika Weber hat die Kinder getötet. Sie war es auch, die die Zwillinge entführte und bei sich in der Wohnung gefangen hielt. Frau Monika Weber war es, die Kai, woher er auch immer er kommen mag, zu dem Monster machte, das er heute ist. Und zu ihrem Helfer. Den Schlüssel zu Perkes Wohnung hatte sie im Kindergarten irgendwie den Eltern entwendet, nachmachen lassen und dann unerkannt zurück gesteckt. Damit Kai Zugang zur Wohnung hatte.<<

>>Bravo. Ganz großes Kino.<<, klatschte Frau Weber in die Hände. *>>Sie sind gut.<<*,

Monika Weber setzte sich aufrecht hin, zupfte

ihr Oberteil zurecht und triumphierte:

>>*Die Kinder durften nicht zu dick oder zu dünn sein. Hübsch und schlank sollten sie sein, mit niedlichen Lippen. Und keine Brillen bitte. Nett anzuschauen. Wissen Sie, das Töten war Teil eines, ... eines Aktes. Ja, es hat gedauert, bis ich den Mut fand, mir ein Kind auf der Straße zu greifen. Und dann ging es plötzlich ganz einfach. Ob ich eine Sadistin bin? Keine Ahnung! Sagen Sie es mir.*<<

Steiners Kollegen waren auf der Suche nach den Eltern der Zwillinge.

Die Weber war eindeutig schizophren. Alle ihre angeblichen Biografien waren erstunken und erlogen. Dass sie sich die ganzen Jahre als Erzieherin inmitten potentieller Opfer hatte bewegen können, entsetzte Steiner zutiefst.

Ihre Aussagen und die Funde der Ermittler warfen neue Fragen auf. Wer war der Tote unter der Gartenlaube? Und wo war der kleine Junge, den der vermeintliche Zeuge - Kai - am Tag der Entführung als seinen Sohn ausgegeben hatte?

Sie mussten die anderen Pädophilen der Website im Darknet ausheben.

Dieser Fall war noch lange nicht endgültig abgeschlossen...

Danksagung

Je komplexer die Geschichte, umso schneller verliert man den Überblick, deswegen bedanke ich mich als Erstes bei meinen Testlesern, die mich kritisch beurteilen und mich auf jeden noch so kleinen Fehler hinweisen. Es muss gesagt werden, ich kann euch nicht leiden.

Für den zeitlichen Aufwand bedanke ich mich bei meiner Familie, die mir tatkräftig zur Seite steht und mich unterstützt. Ein großes Dankeschön geht an meine Frau, meine Kinder und an meine Eltern, die zugleich meine größten Kritiker sind.

Zum Schluss bedanke ich mich bei Jeka de Brant von Herzblatt Fotografie, die sich mit mir zusammengesetzt und all meine Covervorstellungen verwirklicht hat. Und das Beste kommt zum *Schluss* … ein Dankeschön gilt den fleißigen und strapazierfähigen Menschenkindern von DeBehr, die es nicht immer einfach mit mir haben.

Mehr von Martin Jonas bei DeBehr

„Wenn ich für nur einen Tag ein Glücksbärchi sein könnte, dann wäre ich das FUCK-YOU-BÄRCHI"

Wenn mir in jungen Jahren jemand gesagt hätte, was später alles auf mich zukommt, dann wäre ich ein Kind geblieben. Da schaut man in den Kinderwagen und erschrickt, was man den gestraften Eltern natürlich tunlichst verschweigt. Zu dieser Sorte Nachwuchs gehörte ich nicht. Aber irgendwie fühlt man sich als Kind ausgeliefert. Und dann kommt es auch schon nach und nach über einen, das WAHRE Leben. Und das hat so gar nichts mit zuckersüßen Glücksbärchis zutun, am Arsch mit den verlogenen Bären. Arztbesuche können so schnell ausarten, die Mitmenschen sind selten herzallerliebst, und wer schon mal mit Kindern einkaufen war ... Und das ist nur die Spitze des Eisberges.

108 Seiten Taschenbuch, 9,95€, ISBN: 9783957537164

Über den Autor

Martin Jonas, geboren 1984, ist ein in Deutschland lebender Autor und ehemaliger Stand-up-Comedian. Nach seinem letzten TV-Auftritt bei „Nuhr ab 18" entschloss er sich für das Schreiben lustiger Lektüre und schauderhaft spannender Thriller.

Er hat schon ein humorvolles Buch in unserem Haus veröffentlicht.

„Einmal Bühne und zurück zur Feder." Er lebt in Halle (Saale).

Mehr zum Autor unter:
Instagram/@the_real_martin_jonas